MAREN SCHWARZ

Inselfeuer

FLAMMENMEER Nach dem nächtlichen Brand eines Ferienhauses auf Rügen findet die Feuerwehr unter den ausgebrannten Trümmern eine männliche Leiche. Die von Rechtsmedizinerin Leona Pirell vorgenommene Obduktion ergibt, dass es sich bei dem Toten um ihren Nachbarn Enoch Zwill handelt, der eindeutig ermordet wurde. Die Polizei verdächtigt Zwills Witwe Berit, ihren gewalttätigen Mann getötet zu haben. Leona glaubt jedoch nicht, dass Berit die Täterin ist, und stellt eigene Ermittlungen an. Sie gerät in den Besitz des Tagebuches der Mutter des Toten. Dessen Inhalt bringt Leona einem lange gehüteten Geheimnis auf die Spur, und bald schon befindet sie sich in tödlicher Gefahr.

Maren Schwarz, Jahrgang 1964, lebt in einer kleinen Stadt im Vogtland. Sie ist Mitglied im »Syndikat« und bei den »Mörderischen Schwestern«. »Inselfeuer« ist bereits ihr siebter Kriminalroman im Gmeiner-Verlag und der erste Fall für Leona Pirell.

Bisherige Veröffentlichungen im Gmeiner-Verlag:
Eisschwestern (2013)
Treibgut (2012)
Zwiespalt (2007)
Maienfrost (2005)
Dämonenspiel (2005)
Grabeskälte (2004)

MAREN SCHWARZ

Inselfeuer

Kriminalroman

GMEINER SPANNUNG

Besuchen Sie uns im Internet:
www.gmeiner-verlag.de

Im Ehnried 5, 88605 Meßkirch
Telefon 07575/2095-0
info@gmeiner-verlag.de

1. Auflage 2015

Lektorat: Katja Ernst
Herstellung: Mirjam Hecht
Umschlaggestaltung: U.O.R.G. Lutz Eberle, Stuttgart
unter Verwendung eines Fotos von: © Anja Ergler – Fotolia.com
und © NFSR – Fotolia.com
Druck: GGP Media GmbH, Pößneck
Printed in Germany
ISBN 978-3-8392-1741-2

Personen und Handlung sind frei erfunden.
Ähnlichkeiten mit lebenden oder toten Personen
sind rein zufällig und nicht beabsichtigt.

PROLOG

München, 1988

Die Blutspur verlief quer durch den Raum bis zum Vorleger, auf dem die junge Frau lag, tot und mit offenem Mund. Sie trug eine zerfetzte weiße Bluse und einen schwarzen Minirock, der ihr über die Hüften gerutscht war. Die Innenseiten ihrer gespreizten Beine waren mit Prellungen und Blutergüssen übersät. Ihre Schuhe, hochhackige Lacklederpumps, lagen unterm Bett. Wahrscheinlich hatte sie sie während des Kampfes verloren. Denn dass ein Kampf stattgefunden hatte, war unübersehbar. Das Bettzeug war zerwühlt, der Nachttisch umgestürzt. Auf dem Fußboden lag eine Lampe, deren Glasschirm in Tausend Stücke zersprungen war. Ihr massiver Messingfuß war blutverschmiert. Ein paar winzige Scherben hatten sich im blonden Haar der Toten verfangen. Es war rot vom Blut, das aus einer klaffenden Wunde am Kopf stammte. Ihr Gesicht war aufgedunsen und von Schlägen entstellt, die aus ihren Höhlen getretenen Augen blicklos und starr. Quer über ihre Kehle verlief ein violettes Würgemal. Wer hier gewütet hatte, hatte ganze Arbeit geleistet.

Die Polizei war von Carmen Moosmüller, einer Freundin der Toten, benachrichtigt worden. Bei dem Opfer handelte es sich um Marlene Altmeier. Sie war 24 Jahre alt und ledig. Wie sich im Zuge der Ermittlungen herausstellte, hatte sie ihren Lebensunterhalt mit Gelegenheitsjobs bestritten. Zur Tatzeit war sie Kellnerin beim Oktoberfest gewesen. Nachdem Marlene Altmeier nicht zu einem mit ihrer Freundin vereinbarten Treffen erschienen war, war diese zu ihr nach Hause gefahren. Sie hatte die Haustür unverschlossen vorgefunden und sich auf den Weg nach oben gemacht. Marlene wohnte in der ersten Etage eines heruntergekommenen Mietshauses in München. Im Treppenhaus roch es nach Kohlsuppe und kaltem Schweiß. Es war ein verregneter Septembertag. Ein ungemütlicher Herbststurm fegte über die Stadt.

Marlene Altmeiers Wohnungstür hatte einen Spalt offen gestanden. Verwundert hatte Carmen ihr einen zaghaften Stoß versetzt und in den dahinterliegenden Korridor gespäht. Abgesehen von dem aus dem Treppenhaus hereinfallenden Licht hatte die Wohnung im Dunkeln gelegen. Carmen hatte den Namen ihrer Freundin gerufen, jedoch keine Antwort erhalten. Von einer bösen Vorahnung beschlichen, hatte sie einen Blick in die Wohnung geworfen. Die erste Tür, auf die sie in deren Innern gestoßen war, war nur angelehnt gewesen und führte in das Wohnzimmer. Nachdem sie sich davon überzeugt hatte, dass der Raum leer war, hatte sie die Küche und danach das Bad inspiziert. Während sie von Zimmer zu Zimmer gegangen war, hatte sie immer wieder den Namen ihrer Freundin gerufen. Sie hatte Marlenes Leiche im Schlafzimmer gefunden. Ihr Anblick hatte ihr für einen Moment den Atem verschlagen. Danach war sie kopflos nach draußen gestolpert, um den Notruf zu wählen.

Die vom Staatsanwalt in Auftrag gegebene Obduktion ergab, dass Marlene durch einen massiven Schlag auf den Kopf gestorben war. Zuvor hatte ihr Mörder sie brutal vergewaltigt und misshandelt. Die vor Ort sichergestellten Spuren ließen die Polizei von einem Triebtäter ausgehen. Trotz sofort eingeleiteter Fahndungsmaßnahmen wurde der Fall nie aufgeklärt.

1

Rügen, 2013

Der Notruf ging kurz nach Mitternacht ein. Die Nummer gehörte zu einem Festnetzanschluss. Am anderen Ende der Leitung war eine weibliche Stimme. Sie klang aufgeregt. »Feuer«, schrie sie in den Hörer. »Es brennt, alles brennt!« Die Worte überschlugen sich. »Sie müssen kommen! Bitte beeilen Sie sich! Die Flammen, sie …«

»Sind Personen gefährdet?«, wurde sie unterbrochen.

»Das weiß ich nicht.«

»Wie ist Ihr Name?«

»Thea, Thea Greulich.«

»Von wo aus rufen Sie an?«

»Aus Lobbe. Ich wohne am Seeweg, in Nummer 3a. Das Feuer, es ist auf dem Nachbargrundstück ausgebrochen. Und es greift immer weiter um sich! Bitte machen Sie schnell!«

Erschöpft ließ Thea den Hörer sinken und lehnte sich gegen die Wand. Sie versuchte, das Brennen in der Brust zu ignorieren. Doch es gelang ihr nicht. Immer und immer wieder zogen die furchtbaren Bilder wie ein Film an ihrem geistigen Auge vorbei. Im Nachhinein konnte Thea nicht mehr sagen, was sie mitten in der Nacht geweckt hatte. Noch ganz verschlafen hatte sie den Kopf gehoben und geschnuppert. Es hatte nach Rauch gerochen. Durch einen Spalt zwischen den Vorhängen war rötliches Licht gedrungen. Theas Herzschlag hatte sich beschleunigt. Von einer bösen Vorahnung begleitet, war sie zum Fenster geeilt und hatte die Gardine beiseitegeschoben. Für einen Moment hatte sie geglaubt, einer Sinnestäuschung erlegen zu sein. Sie hatte die Augen zusammengekniffen. Doch als sie sie wieder geöffnet hatte, war da noch immer dieses Bild gewesen, das sich ihr unauslöschlich in die Netzhaut eingebrannt hatte: Aus der zum Ferienhaus umgebauten Gartenlaube ihrer Nachbarn hatten meterhohe Flammen in den tiefschwarzen Nachthimmel gezüngelt, die sich allmählich ausbreiteten. Sie war sich wie ein Voyeur vorgekommen. Trotzdem hatte sie den Blick nicht abwenden können. Erst als ein Teil des brennenden Daches mit lautem Krachen eingestürzt war, war es ihr gelungen, die lähmende Starre abzuschütteln. Sie war zum Telefon geeilt und hatte die 112 gewählt. Nun rannte sie, nur mit Bademantel und Filzschlappen bekleidet, nach draußen. Auf dem Weg zum Gartentor trieb ihr der salzige Seewind Asche entgegen. Beißender Rauch brannte in ihrer Lunge und ließ sie husten. Je näher sie dem Nachbargrundstück kam, desto dichter wurde der

Qualm. Angestrengt kniff Thea die Augen zusammen, um besser sehen zu können. Überall knisterte und knackte es. Mit einem Mal gab es einen lauten Knall. Glassplitter flogen durch die zum Schneiden dicke Luft. Geblendet vom Widerschein des Feuers blieb Thea stehen. Ihr Kopf war wie leer gefegt. Es war unfassbar! Noch nie hatte sie sich so hilflos gefühlt. Sie wäre wohl noch ewig so dagestanden, wenn der Wind nicht plötzlich gedreht und ihr die Hitze des Feuers ins Gesicht getrieben hätte. Beißender Qualm nahm ihr den Atem und zwang sie zum Rückzug. Es war nur eine Frage der Zeit, bis die Flammen auf die neben der Laube stehenden Fichten übergriffen. Hoffentlich gelang es den Einsatzkräften, das Feuer unter Kontrolle zu bekommen, bevor es auf ihr Grundstück und das Haus übersprang, dachte Thea.

Als sie von ferne Sirenengeheul vernahm, stieß sie einen erleichterten Seufzer aus. Kurz darauf bog die Feuerwehr auf den schmalen Feldweg ein, der zum Anwesen ihrer Nachbarn führte. Dann ging alles ganz schnell. Auf dem Löschfahrzeug angebrachte Scheinwerfer erhellten mit ihrem grellen Licht die Nacht und offenbarten das komplette Ausmaß der Katastrophe. Das Nachbargrundstück war in dicke schwarze Rauchschwaden gehüllt, aus denen blutrote Flammen züngelten. Inzwischen waren auch Polizei und Notarzt eingetroffen. Von zuckendem Blaulicht untermalt, hallten hektische Befehle durch die Nacht. Allmählich normalisierte sich Theas Herzschlag und sie überlegte, wie sie helfen konnte. Von ihren Nachbarn war nichts zu sehen. Hoffentlich hatten sie sich nicht in der Laube aufgehalten. Thea musste an die achtjährige Katharina denken. Was, wenn die Kleine gezündelt und dadurch das Feuer ausgelöst hatte? Man las immer wieder von derartigen Unglücken in der Zeitung. Thea hatte diesen Gedanken noch nicht zu Ende gedacht, als sie ihre Nachbarin entdeckte. Eine Welle der Erleichterung durchflutete sie, als sie Berit Zwill zusammen mit ihrer Tochter bei den Einsatzkräften stehen sah. Die beiden hielten sich eng umschlungen. Jemand hatte ihnen Wolldecken übergeworfen, um sie vor der empfindlich kühlen Nachtluft zu schützen. Nur den Vater konnte sie nirgends entdecken.

Die Löscharbeiten zogen sich bis in die frühen Morgenstunden hin. Immer wieder loderten Flammen aus dem Brandherd hervor. Die Rettungskräfte begaben sich jedes Mal in Lebensgefahr, wenn sie in die vom Einsturz bedrohte Laube vorzudringen versuchten. Trotz der nächtlichen Stunde zog das Ganze jede Menge Schaulustige an.

Erst bei Anbruch der Dämmerung konnte Entwarnung gegeben werden. Als zwei Feuerwehrleute unter den rauchenden Trümmern nach Glutnestern suchten, stießen sie auf eine verkohlte Leiche. Die Polizei ging davon aus, dass es sich um den 48-jährigen

Enoch Zwill handelte. Seine Frau gab an, ihn zuletzt beim Frühstück gesehen zu haben. Danach war sie zur Arbeit gefahren. Berit Zwill war Köchin im ältesten Gasthaus der Insel in Middelhagen. Nach Dienstende war sie in Sellin gewesen, um sich im Kaufhaus Stolz nach einer neuen Hose umzusehen und sonstige Einkäufe zu erledigen. Anschließend hatte sie ihre Tochter aus dem Hort abgeholt und war nach Hause gefahren. Nach dem Abendbrot hatte sie die Kleine zu Bett gebracht und sich hingelegt. Der Tag war anstrengend gewesen und Berit müde. Als sie gegen 21 Uhr aufgestanden war, um sich eine Tablette gegen ihre sich anbahnenden Kopfschmerzen zu holen, war ihr Mann noch nicht zu Hause gewesen. Berit hatte keinen Grund gesehen, sich deshalb Sorgen zu machen. Donnerstags kehrten Enoch und sein Kompagnon Olrik Bruhns meist noch auf ein Bier in den »Lobbster« ein. Die beiden betrieben einen gut gehenden Fahrradladen in Göhren.

Berit war wieder zu Bett gegangen, wo sie bis zum Eintreffen der Feuerwehrleute tief und fest geschlafen hatte. Es hatte eine Weile gedauert, bis sie begriff, dass sie das ohrenbetäubende Sirenengeheul nicht träumte. Sie war hochgeschreckt und ins Kinderzimmer hinübergelaufen, um nach ihrer Tochter zu sehen. Durch das zur Straßenseite gelegene Schlafzimmer hatten sie nichts von dem Feuer mitbekommen, das im Garten hinter dem Haus wütete. Momentan waren in der Siedlung nur vier Anwesen bewohnt. Alle anderen gehörten zu einer um diese Jahreszeit leer stehenden Ferienwohnanlage. Andernfalls wäre das Feuer sicher schon eher bemerkt und größerer Schaden abgewandt worden.

2

»Wer einmal auf Rügen war, kommt immer wieder.« Es war lange her, dass Henning Lüders diesen Satz gesagt hatte. Damals hatte Leona Pirell ihn dafür belächelt und in Gedanken einen sentimentalen Narren gescholten. Doch inzwischen war viel geschehen, und sie musste ihm recht geben. Überhaupt gab es kaum einen Tag, an dem sie nicht an ihn dachte. Wie aufs Stichwort stand ihr jene Szene vor Augen, in der ihr sein Anwalt eröffnet hatte, dass Henning sie in seinem Testament zu seiner Alleinerbin bestimmt hatte. Leona hatte sich entscheiden müssen: Sollte sie das Erbe annehmen? Die Antwort auf diese Frage hatte sie einige schlaflose Nächte gekostet. Am Ende hatte sie ihre Entscheidung von der Stelle abhängig gemacht, die ihr in der Greifswalder Rechtsmedizin in Aussicht gestellt worden war. Leona hatte sich schon vor dem Erbe dafür beworben, nachdem festgestanden hatte, dass das Institut in Chemnitz, wo sie bislang arbeitete, zum Jahresende geschlossen wurde. Als sie mit Henning über ihre Pläne gesprochen hatte, war er davon angetan gewesen. So angetan, dass er ihr spontan vorgeschlagen hatte, bei ihm zu wohnen. Obwohl Leona sein Angebot zu schätzen gewusst hatte, hatte sie nichts überstürzen wollen.

Immerhin waren es von Lobbe, wo Hennings Haus stand, bis nach Greifswald fast 90 Kilometer. Einmal hin und zurück bedeuteten dreieinhalb bis vier Stunden Fahrzeit. Und das auch nur, wenn es keinen Stau gab. Sollte sie sich das wirklich antun? Doch dann war Henning überraschend gestorben und Leona hatte sich zum Bleiben entschlossen. Vielleicht fand sie in seinem Haus die nötige Ruhe und Distanz für einen Neuanfang.

Obwohl seit dem Tod ihres Lebensgefährten Rüdiger mehrere Jahre ins Land gezogen waren, hatte sie noch immer nicht mit der Vergangenheit abschließen können. Henning hatte zu den wenigen Menschen gehört, denen sie bedingungslos vertraute. Mit ihm hatte sie über Dinge sprechen können, über die sie mit keinem anderen Menschen redete. Leona kannte niemanden sonst, der so gut zuzuhören und Trost zu spenden verstand. Jetzt gab es niemanden mehr, der sie väterlich in den Arm nahm. Auf jene unnachahmliche Art, mit der es Henning gelungen war, ihr alle Zweifel und Ängste zu nehmen. Bei ihm hatte sie sich geborgen gefühlt. Umso größer war die Leere, die sie nach seinem Tod umfing. Statt sich damit auseinanderzusetzen, hatte Leona sich in die Arbeit gestürzt. Es war ihre Art mit Trauer umzugehen. Als Rüdiger an einem Gehirntumor gestorben war, war es auch die Arbeit gewesen, die sie davor bewahrt hatte, den Verstand zu verlieren. Außerdem bot die Insel die idealen Voraussetzungen, um ihr Hobby, das Wandern, wieder aufzunehmen. Fast jedes freie Wochenende schnürte Leona ihre Wanderstiefel und streifte durch die Zicker Alpen. Ab und zu nahm sie Rex mit auf ihre Streifzüge. Der Dackel, den Henning einst von seinem Patenonkel übernommen hatte, lebte seit dessen Tod bei Wilhelm Boström, einem Freund der Familie.

Leona liebte es, sich den Seewind um die Nase wehen zu lassen, und sie war fasziniert von der Weite der Landschaft. Besonders gut gefiel ihr die fantastische Aussicht. Der Lotsenberg in Thiessow mit seinem Turm bot einen beeindruckenden Blick über die Halbinsel Mönchgut und die Boddengewässer, bis hin zu den Inseln Ruden und Oie. Jedes Mal, wenn sie den 36 Meter hohen Aussichtspunkt erklommen hatte, war ihr, als würde sämtlicher Druck von ihrer Seele genommen. Manchmal starrte Leona stundenlang aufs Meer hinaus. So lange, bis sie mit sich und der Welt wieder in Einklang war.

Trotz aller guten Vorsätze zehrte die ständige Pendelei an ihren Kräften. Um dem entgegenzuwirken, beschloss sie sich in Greifswald nach einer Bleibe umzusehen. Auf Anraten ihres Chefs suchte Leona einen Immobilienmakler auf. Es kostete ihn zwar Zeit und Mühe, bis er etwas Passendes fand, doch der Aufwand lohnte sich. Das von ihm vermittelte Zimmer lag in der Brüggstraße, gegenüber der Marienkirche. Von dort aus waren es zu Fuß knapp zehn Minuten bis zur Rechtsmedizin.

Am vergangenen Freitag hatte Leona ihr neues Domizil bezogen und das Wochenende in der Hansestadt verbracht. Jedes Mal, wenn sie von ihrem Fenster aus auf die ziegelroten Dächer der Altstadt sah, musste sie an den Ausblick denken, der sich ihr von der Aussichtsplattform des im Volksmund als langer Nikolaus bekannten Doms dargeboten hatte: an all die Ulmen und Kastanien, die die Greifswalder Altstadt wie ein breites grünes Band umschlossen. Und an die beeindruckende Sicht, die sich ihr von dort oben über den Bodden bis nach Rügen und Usedom erschlossen hatte. Leona hatte über die vielen, in den engen Straßen dicht aneinandergedrängten Giebelhäuser aus der Hansezeit gestaunt. Und über all das Fachwerk und die bunten Barockfassaden, die nach der Wende aufs Feinste saniert worden waren. Genauso wie das Haus in der Langen Straße 57, in dem Caspar David Friedrich einst als Sohn eines Seifensieders und Lichtgießers das Licht der Welt erblickte.

Als Leona am Montagmorgen das Haus verließ, um zur Arbeit zu gehen, wehte ein stürmischer Wind, der sie trotz ihrer dick gefütterten Jacke frösteln ließ. Das Institut für Rechtsmedizin befand sich auf dem Gelände des Ernst-Moritz-Arndt-Klinikums. Während Leona in die Friedrich-Loeffler-Straße einbog, atmete sie die salzige Luft in tiefen Zügen ein. Am liebsten hätte sie sich einen Vorrat davon angelegt, um bei Bedarf darauf zurückgreifen zu können. All die Jahre, die sie als Rechtsmedizinerin arbeitete, hatten sie nicht immun gegen den Geruch werden lassen, der sie empfing, wenn sie den Autopsiesaal betrat. Vielleicht sollte sie es wie in den Fernsehkrimis machen und sich Pfefferminzpaste unter die Nase schmieren. Schade, dass dieses sogenannte Wundermittel in der Realität gar nicht funktionierte. In Wahrheit gab es keinen wirksamen Schutz. Aber so war das in ihrem Job. Zimperlich durfte man da nicht sein.

Inzwischen war Leona auf dem Klinikgelände angekommen. Sie überquerte den Innenhof, um zur Kopfseite des wuchtigen Backsteingebäudes zu gelangen, in dem das Institut für Pathologie untergebracht war. Bevor sie es betrat, ließ sie ihren Blick über die Fassade mit ihren unterhalb der Fenster angebrachten Ornamenten wandern. Dem im Stil der italienischen Frührenaissance errichteten Gebäude war anzusehen, dass es vor nicht allzu langer Zeit komplett renoviert worden war. Schwungvoll öffnete Leona die massive Eingangstür. Nachdem sie das Vestibül, das mit einem Schachbrettmuster aus schwarzen und weißen Fliesen ausgelegt war, durchquert hatte, machte sie sich auf den Weg zu ihrem Büro. Es befand sich im Kellergeschoss und lag am Ende eines weiß gefliesten Ganges. Eigentlich verdiente der fensterlose Raum die Bezeichnung »Büro« nicht. Ein Schreibtisch und zwei Stühle bildeten das gesamte Mobiliar. Auf dem Fußboden neben dem Heizkörper stapelten sich mehrere Kartons mit Zeitschriften und Büchern. Obwohl Leona den Raum schon vor längerer Zeit bezogen hatte, war sie noch nicht dazu gekommen, sie in das Regal einzusortieren, das hinter ihrem Schreibtisch in die Wand eingelassen worden war. Vielleicht würde sie im Lauf der Woche Zeit finden. Ein lautes Klopfen riss sie aus ihren Gedanken. Auf ihr »Herein« stürmte Peer Boström ins Zimmer. Er arbeitete bei der Polizei in Bergen und war ihr über die Jahre zu einem guten Freund geworden. Der frühen Zeit und seiner ernsten Miene nach zu urteilen, musste es um etwas Dienstliches gehen.

Peers Haare waren vom Wind zerzaust, und er sah mitgenommen aus. Einen halben Meter vor Leona stoppte er und stieß erleichtert die Luft aus. »Da bist du ja«, sagte er statt einer Begrüßung. »Ich hab mir schon Sorgen um dich gemacht.« Er neigte den Kopf und sah sie mit zusammengekniffenen Augen an. »Wo bist du gewesen? Ich konnte dich nicht erreichen. Du warst weder zu Hause noch auf Arbeit.« Seine Stimme klang besorgt. Gleichzeitig schwang ein leiser Tadel mit.

Leona sah ihn erstaunt an. »Wieso? Was ist los?«

»Was los ist?« Peer kratzte sich am Kinn. Er wirkte irritiert. »Hast du es denn noch nicht gehört?«

»Was?«

»Na, dass es heute Nacht bei uns in Lobbe gebrannt hat. Das ganze Dorf stand Kopf, kann ich dir sagen. Zuerst dachte ich …«

»Es hat gebrannt?«, unterbrach Leona ihn alarmiert. »Davon hab ich nichts mitbekommen. Bei wem?«

»Bei deinen Nachbarn, den Zwills«, antwortete Peer. Er musterte sie nachdenklich. »Es wundert mich, dass du nichts davon wusstest.«

»Woher sollte ich? Ich war übers Wochenende in Greifswald.« Plötzlich hielt Leona verlegen inne. Schließlich konnte Peer nicht wissen, dass sie sich einen Zweitwohnsitz zugelegt hatte. »Es tut mir leid«, begann sie reumütig, »ich hätte dir sagen sollen, dass ich mir ein Zimmer genommen habe.«

»Du hast was?«, schnaubte Peer aufgebracht. »Ich meine, wieso …?«

»Weil das ständige Hin und Her auf Dauer ganz schön schlaucht.« Wie um ihre Worte zu bekräftigen, fuhr Leona sich mit einer erschöpften Geste über die Augen. »Ich habe schon seit einiger Zeit mit diesem Gedanken gespielt.«

»Du hättest mir Bescheid sagen können.«

»Wollte ich ja, aber dann …«

»Lass gut sein«, wiegelte Peer ab. »Es geht mich im Grunde genommen nichts an, wo und mit wem du deine Zeit verbringst. Es ist nur, weil ich mir Sorgen um dich gemacht habe. Immerhin ist bei dem Feuer ein Mensch ums Leben gekommen.«

»Was sagst du da?« Aus Leonas Gesicht war sämtliche Farbe gewichen. »Wer?« Sie ließ sich hinter ihrem von Akten übersäten Schreibtisch nieder und bedeutete Peer, es ihr gleichzutun. Nachdem er seinen Bericht beendet hatte, sahen sie einander schweigend an. Leona wirkte betroffen. Wenn Peers Vermutung stimmte, handelte es sich bei dem Brandopfer um ihren Nachbarn. Leona versuchte, sich an Enoch Zwill zu erinnern, aber es wollte ihr nicht gelingen. Sie hatte die Familie bislang nur ein einziges Mal von ferne zu Gesicht bekommen.

Ein forsches Klopfen ließ sie zusammenzucken. Es war ihr Assistent Kai Mertens. Er war um die 30 und Single. Ein schlaksiger junger Mann mit Nickelbrille und Rastalocken. »Morgen allerseits«, sagte er und drückte Leona eine Akte in die Hand. »Der Chef möchte, dass wir uns als Erstes um das Brandopfer kümmern, das heute Nacht hereingekommen ist. Die Leiche ist …«

»Ich hab bereits davon gehört«, platzte Leona in seine Ausführungen.

Kai Mertens rieb sich die Hände. »Na dann mal los. Es ist alles vorbereitet.«

Während Peer den beiden in den Obduktionssaal folgte, musste er an seine erste Begegnung mit Leona denken. Henning Lüders hatte sie miteinander bekannt gemacht. Es war ein heißer Sommertag gewesen. Leona hatte ein bunt geblümtes Sommerkleid getragen, das ihre katzenhaft grünen Augen betont und wunderbar mit ihrem damals noch schulterlangen rötlichen Haar kontrastiert hatte. Sie hatte hinreißend ausgesehen. Noch immer beschleunigte sein Herzschlag sich bei der Erinnerung daran. Zum Glück wusste seine Freundin Marlies nichts von den schwärmerischen Gefühlen, die er für Leona hegte, sonst hätte sie ihm gehörig den Kopf gewaschen. Dabei war ihm von Anfang an klar gewesen, dass Leona unerreichbar für ihn war. Und das nicht nur, weil sie ihn um Kopflänge überragte.

3

Im Laufe der Zeit hatte sich Leona an viele schreckliche Anblicke gewöhnt. Dieser ging ihr trotzdem nahe. Nicht nur, weil die Leiche so übel zugerichtet war.

Routiniert schaltete Leona ihr Diktiergerät ein und begann mit der äußeren Leichenbesichtigung. Die vor ihr liegende Leiche wies schwerste Verbrennungen auf. Arme und Beine waren teilweise ganz verbrannt. Ein Fuß war im Brandschutt gefunden worden und lag neben der Leiche. Die noch vorhandenen Gliedmaßen waren durch die Hitze geschrumpft. Obwohl der Tote im Kühlfach gelegen hatte, verströmte er einen abstoßenden Geruch. Was hätte sie jetzt für eine Brise Seeluft gegeben. Ein kurzer Blick auf Peer zeigte ihr, dass es ihm genauso erging. Ohne sich etwas von ihren Empfindungen anmerken zu lassen, griff Leona nach Abschluss der äußeren Leichenschau zum Skalpell. Sie trug einen grünen Kittel und darüber eine weiße Gummischürze. Ihr rötliches Haar hatte sie unter eine Plastikhaube verbannt. »Auf geht's!« Mit geschickten Handgriffen machte sie zwei diagonale Schnitte von den mit einer Rußschicht bedeckten Schultern bis zum unteren Ende des Brustbeins. Es folgte ein vertikaler Schnitt über den gesamten Unterleib bis zum

Schambein. Der Rumpf war ebenso wie alles andere stark verkohlt. Äußerliche Einzelheiten waren nicht mehr zu erkennen. Leona und ihr Assistent arbeiteten schnell und konzentriert. Kurze Zeit später lagen Brusthöhle und Bauchraum frei. Die Untersuchung des intakten Beckens ergab, dass es sich eindeutig um einen Mann handelte. Die Beschaffenheit des Skeletts und der teilweise noch erkennbaren inneren Organe, insbesondere der Blutgefäße, deutete darauf hin, dass der Tote 40 bis 50 Jahre alt war.

Während Leona sich der Brusthöhle zuwandte, ging sie in Gedanken noch einmal ihr Gespräch mit Peer durch. Sie versuchte sich daran zu erinnern, was er ihr über den Fall erzählt hatte. Viel war es nicht. Die Polizei ging davon aus, dass es sich bei dem Brandopfer um den 48-jährigen Enoch Zwill aus Lobbe handelte. Um die Identität der Leiche mit letzter Sicherheit zu klären, hatte der Staatsanwalt eine Obduktion angeordnet. Inzwischen hatte Leona die Lunge und den Magen entfernt und untersucht. »Schau mal hier«, sagte sie zu Peer, dessen Gesichtsfarbe einen leichten Grünstich aufwies, und deutete auf die in Bronchien und Magen eingedrungenen Rußpartikel. »Sieht so aus, als sei der Mann noch am Leben gewesen, als das Feuer ausbrach.«

Peer beugte sich ein Stück nach vorn, um Leonas Ausführungen besser folgen zu können. Die von Teer verklebten Flimmerhärchen in den Atemwegen und die Beschaffenheit der Lunge ließen Leona davon ausgehen, dass sie es mit einem starken Raucher zu tun hatte. Erst kürzlich war eine junge Frau bei ihr auf dem Tisch gelandet, weil sie mit brennender Zigarette eingeschlafen war. Die glühende Asche hatte zuerst das Bett und danach die Wohnung in Brand gesetzt. Vielleicht … Plötzlich hielt Leona inne.

»Was ist los?«, erkundigte sich Peer. Wortlos deutete Leona auf eine Stichwunde, auf die sie beim Entfernen des Brustbeins gestoßen war. Sie erstreckte sich entlang der linken Zwischenrippenmuskulatur und dem mit Blut angefüllten Herzbeutel, das infolge der Hitzeeinwirkung geronnen war. Im Gegensatz zu Peer begriff Kai Mertens sofort, was es damit auf sich hatte. Obwohl sie erst seit Kurzem zusammenarbeiteten, kannte Leona den jungen Mann gut genug, um zu wissen, dass ihm kaum etwas entging. Sein prüfender Blick ließ Leona unter ihrem Mundschutz erröten. Zum Glück hatte sie ihre Vermutung, es handele sich um einen Unfalltod, für sich behalten. Man sollte nie voreilige Schlüsse ziehen. Zumindest kannte sie jetzt die wahre Todesursache. »Der Mann ist erstochen worden, bevor er verbrannte«, informierte sie Peer. »Der Tod ist durch eine Herzbeuteltamponade eingetreten.«

Peers hochgezogene Augenbrauen ließen sie hinzufügen: »Was nichts anderes bedeutet, als dass das durch den Stich in den Herzbeutel eingetretene Blut zunächst die Herztätigkeit behinderte und sie am Ende durch die

Druckzunahme im Herzbeutel unmöglich machte.« Während Leona das Herz mit ein paar raschen Skalpellschnitten heraustrennte, versuchte sie sich den Tatverlauf vorzustellen. Natürlich war nicht auszuschließen, dass der Mann sich die Stichwunde in selbstmörderischer Absicht zugefügt hatte, nachdem er die Gartenlaube in Brand gesteckt hatte. Vielleicht wollte er auf Nummer sicher gehen. Sie hatte erst kürzlich von einem Fall gelesen, in dem sich ein Mann in aller Öffentlichkeit ein Messer in die Brust gerammt hatte, bevor er sich mit Benzin übergoss und anzündete. Genauso gut konnte der Tote vor ihr aber auch einem Gewaltverbrechen zum Opfer gefallen sein. In diesem Fall dürfte das Feuer vorsätzlich gelegt worden sein, um die Tat zu vertuschen. Die Vorstellung, dass sich ein solches Verbrechen direkt vor ihrer Haustür abgespielt haben könnte, jagte ihr einen Schauer über den Rücken. Leona überlegte, Peer von ihren Gedanken zu erzählen, ließ es dann aber bleiben. Was, wenn sie sich täuschte? Während sie den Stichkanal mit einem Kontrastmittel ausgoss, geisterten ihr Peers Worte durch den Kopf.

»Ich denke, das sollten Sie sich mal anschauen.« Die Stimme ihres Assistenten holte Leona in die Realität zurück. Er stand vor dem Lichtkasten und betrachtete nachdenklich eine Röntgenaufnahme. Sie zeigte die Form der Messerspitze. Nach der Stichverletzung im Herzbeutel zu urteilen, handelte es sich um ein einschneidiges messerähnliches Instrument.

4

Auf dem Heimweg besorgte sich Leona die Ostseezeitung. Der Fall hatte ihr Interesse geweckt. Zudem spukten ihr Peers neue Informationen durch den Kopf. Er hatte sie kurz vor Dienstschluss angerufen, um ihr mitzuteilen, dass am Tatort Spuren eines Brandbeschleunigers gefunden worden waren.

Obwohl diese Neuigkeit für Leona nicht unerwartet kam, setzte sie ihr zu. Schließlich hatte Peers Anruf bestätigt, dass sie es mit einem Verbrechen zu tun hatten. Wofür auch das Fehlen der Waffe sprach, von der die Verletzungen stammten. Zu Hause angekommen, machte sie es sich mit ihrer Lektüre auf der Couch bequem. Der gesuchte Bericht stand im Regionalteil und war mit: »Verkohlte Leiche nach Brand in Gartenlaube entdeckt«, betitelt. Gespannt las Leona weiter: »Nach einem Brand in einer Gartenlaube in Lobbe hat die Polizei in den Trümmern eine bis zur Unkenntlichkeit verbrannte Leiche entdeckt. Ihre Identität konnte noch nicht mit letzter Sicherheit geklärt werden«, berief sich der Reporter auf die ihm von der Pressestelle der Polizei erteilten Auskünfte. »Fraglich ist, ob das Opfer bei dem Feuer ums Leben kam. Auch die Brandursache ist ungeklärt. Obwohl die Feuerwehr schon kurz nach dem gegen 1 Uhr eingegangenen Notruf vor Ort eintraf, wurde die Laube vollständig zerstört. Als die Feuerwehrleute nach Glutnestern suchten, entdeckten sie die Leiche. Bislang unbestätigten Informationen zufolge könnte es sich bei dem Opfer um den Grundstückseigentümer handeln. Um sich Klarheit über die Identität zu verschaffen, hat der Staatsanwalt eine Obduktion angeordnet.« Gedankenverloren ließ Leona die Zeitung sinken. Sie war sich bewusst, dass der Artikel nur ein kleiner Vorgeschmack dessen war, worüber bald eifrig berichtet und spekuliert werden würde. Wenn die Medien erst Wind davon bekamen, dass der Brand vorsätzlich gelegt worden war, um ein Verbrechen zu verschleiern, würde es kein Halten mehr geben. Vor ihrem inneren Auge sah Leona bereits die Schlagzeilen. Der Fall würde die Titelseiten so lange beherrschen, bis er von einer anderen Sensation verdrängt wurde. Sie konnte nur hoffen, dass es der Polizei gelang, den Täter schnellstmöglich zu fassen.

5

Am kommenden Wochenende fuhr Leona nach Lobbe, um ihrer Nachbarin den längst überfälligen Antrittsbesuch abzustatten und ihr ihr Beileid auszusprechen.

Ein DNA-Abgleich hatte ergeben, dass es sich bei dem Toten um Enoch Zwill handelte. Peer war mit der undankbaren Aufgabe beauftragt worden, den Angehörigen die Hiobsbotschaft zu überbringen. Leona mochte gar nicht daran denken, wie ihre Nachbarin die Nachricht vom gewaltsamen Tod ihres Mannes aufgenommen hatte. Und wie brachte man einem Kind bei, dass sein Vater ermordet worden war? Unvorstellbar! Die Frau tat Leona schon jetzt in der Seele leid.

Um nicht mit leeren Händen vor der Tür zu stehen, hatte sie eine Pavlova gebacken und einen bunten Frühlingsstrauß besorgt. Etwas wirklich Passendes gab es in einer solchen Situation ohnehin nicht. Das Rezept für die mit viel Schlagsahne und frischen Kiwis zubereitete Torte stammte von Peers Freundin Marlies. Seit Leona das erste Mal von der Süßspeise, die ihren Namen der russischen Ballerina Anna Pavlova verdankte, probiert hatte, zählte sie zu ihren Lieblingsspeisen. Das Gebäck war nicht nur schnell zuzubereiten, sondern schmeckte zudem sündhaft gut. Zum

Glück war Leona in der Lage, sich keine Gedanken um ihre Figur machen zu müssen. Im Gegensatz zu Marlies, deren Formen ihre Vorliebe für üppiges Essen spiegelten.

Es war kurz nach 14 Uhr, als Leona das an ihr Grundstück grenzende Feld betrat, hinter dem das Anwesen der Zwills lag. Schon von Weitem sprangen ihr die verkohlten Überreste der Gartenlaube ins Auge. Der Anblick jagte ihr einen Schauer über den Rücken und ließ sie ihre Schritte beschleunigen. Nachdem sie das Feld überquert hatte, führte sie ihr Weg an der momentan noch leer stehenden Ferienhaussiedlung vorbei. Gegenüber befand sich ein Weiher, der von einer hölzernen Brücke überspannt wurde und auf dem eine Entenfamilie gemächlich ihre Bahn zog. Idyllisch hätte man meinen können. Doch der Eindruck trog. Wenig später stand Leona vor einem niedrigen Jägerzaun. An der Pforte hing ein Briefkasten mit der Aufschrift »Zwill«. Bis vor Kurzem hatte sich daneben ein Aufsteller befunden. »Ferienhaus zu vermieten« hatte darauf gestanden. Wie schnell sich die Zeiten änderten. Nun war von der zum Ferienhaus ausgebauten Laube nur noch ein Schutthaufen übrig. Sicher rissen die ausbleibenden Mieteinnahmen ein tiefes Loch in die Familienkasse.

Langsam öffnete Leona das Gartentor und ging auf das Haus zu. In der gepflasterten Einfahrt parkte ein in die Jahre gekommener Passat. Auf dem kurz geschorenen Rasen stand eine Schaukel, neben der ein pinkfarbenes Kinderfahrrad lag. Das Anwesen mit seinem mit Reed gedeckten Wohnhaus wirkte beschaulich. Doch Leona wusste, dass dieser Eindruck trog. Hier wohnte keine glückliche Familie. Hinter diesen Mauern herrschte unsägliches Leid. Und das nicht erst seit der Brandnacht. Marlies hatte aus dem Nähkästchen geplaudert und ihr alles über die tragische Familiengeschichte der Zwills erzählt. Davon, dass sie vor Jahren ein Kind verloren hatten. Ein kleines Mädchen, das an einer seltenen Erbkrankheit gestorben war. Seitdem war nichts mehr wie zuvor. Der Tod des Kindes hatte sich wie ein dunkler Schatten über die Familie gelegt. Während Enoch Zwill seinen Schmerz zu betäuben versuchte, indem er sich in die Arbeit stürzte, zog seine Frau sich immer mehr aus der Öffentlichkeit zurück. Es hieß, sie leide unter Depressionen. Ihr Zustand besserte sich erst, als sie erneut schwanger wurde.

Welche Tragödie dachte Leona, bevor sie sich einen Ruck gab und an der Haustür klingelte. Kurz darauf sah sie sich einer kleinen, schlanken Frau mit schmalem Gesicht gegenüber, das von stumpfem braunem Haar umrahmt wurde. Sie war ungeschminkt und wirkte mitgenommen. Dunkle Schatten unter ihren wässrig grauen Augen zeugten von zu wenig Schlaf. Sofort regte sich Mitleid in Leona, die glaubte, noch nie in so traurige Augen geblickt zu haben. Sie huschten unruhig umher und verliehen Berit Zwills Gesicht einen Hauch von Schwermut. Über ihrer rechten Augenbraue entdeckte Leona eine erst kürzlich mit vier Stichen vernähte Platzwunde. Obwohl sie erst Mitte 40 war, wirkte Berit Zwill viel älter. Vielleicht war dieser Eindruck auch ihrer schwarzen Kleidung geschuldet. Sie trug einen eng anliegenden Rollkragenpulli und eine Stoffhose. Leonas Blick blieb an einer quer über ihren linken Handrücken verlaufenden Narbe hängen. Noch während sie überlegte, wie es zu dieser Verletzung gekommen sein könnte, betrachtete sie wieder die Platzwunde. Konnte es sein …? Ein Räuspern riss sie aus ihren Gedanken. Berit Zwill stand mit hochgezogenen Schultern in der Tür und musterte sie argwöhnisch. »Ja?«

»Ich bin Leona Pirell. Ihre Nachbarin. Ich … Nun … ich habe gehört, was … was passiert ist«, erklärte sie zögernd. »Ich wollte Ihnen mein Beileid aussprechen.« Ihre rechte Hand, mit der sie den Blumenstrauß umklammert hielt, schoss so unvermittelt nach vorn, dass Berit Zwill erschrocken zurückwich.

Berits verwunderter Blick wanderte von Leonas Gesicht zu den Blumen und wieder zurück. Sie schien mit sich zu ringen. Dann gab sie sich einen Ruck, ergriff den Strauß und bat ihren Gast herein. Kurz darauf saßen sich die beiden Frauen in einer geräumigen Wohnküche gegenüber. Leona hatte die Tortenglocke mit der Pavlova wortlos auf den Tisch gestellt. Ihre Nachbarin registrierte es gerührt. »Das wäre doch nicht nötig gewesen.«

»Ich hoffe, die Torte schmeckt Ihnen«, sagte Leona. »Das Rezept stammt aus Neuseeland.« Um ein Haar wäre ihr herausgerutscht, woher sie es hatte. Berit Zwill mit dem Namen der Freundin des in ihrem Fall ermittelnden Polizeibeamten zu konfrontieren, wäre keine gute Idee. Zumal ihre Nachbarin gerade etwas zugänglicher zu werden schien.

»Soll ich uns einen Kaffee kochen?«, fragte Berit Zwill da auch schon wie zur Bestätigung.

»Nur wenn es keine Umstände macht.«

Leonas Einwand wurde mit einem müden Lächeln beiseite gewischt. »Zurzeit ist Koffein das Einzige, was mich am Leben erhält.« Berit Zwill gab Kaffeepulver in den Filter und füllte Wasser nach. Während die Kaffeemaschine mit glucksenden Geräuschen zum Leben erwachte, holte ihre Nachbarin Teller und Tassen aus einem Schrank. Leona nutzte die Zeit, um sich verstohlen umzusehen. Den Mittelpunkt des Raumes bildete eine gemütliche Eckbank mit bunt gemusterten Kissen. An den Wänden hingen gerahmte Kinderbilder: unbeholfene Malversuche eines Kindes, dessen Zeichenkünste sich mit den Jahren steigerten. Auf den meisten Bildern waren Häuser, Blumen und bunt gekleidete Menschen zu sehen, deren breites Lächeln mit der zum Fenster hereinscheinenden Sonne um die Wette zu strahlen schien.

»Hat alles meine Kleine gemalt«, sagte Berit Zwill, die Leonas Blick gefolgt war. In ihrer Stimme schwang unüberhörbar Stolz mit. »Haben Sie auch Kinder?«

»Leider nicht«, sagte Leona, bevor sie sich scheinbar ungerührt nach dem Alter des Kindes erkundigte. Ohne es zu ahnen, hatte Berit Zwill mit ihrer Frage einen wunden Punkt berührt. Über dieses Thema wollte Leona nicht sprechen. Schon gar nicht mit einer Frau, die sie erst seit ein paar Minuten kannte. Die Frage war so unverhofft gestellt worden, dass ihr auf die Schnelle nichts Besseres eingefallen war, um davon abzulenken. Dabei kannte sie die Antwort bereits.

»Kathi, Katharina«, verbesserte Berit Zwill sich rasch, »wird in ein paar Wochen neun.« Ein wehmütiges Lächeln huschte über ihr verhärmtes Gesicht. Die nächsten Minuten saßen sie schweigend beisammen, tranken Kaffee und kosteten von der Pavlova.

»Schmeckt lecker«, sagte Berit Zwill angetan. »Verraten Sie mir das Rezept?«

Bevor Leona etwas erwidern konnte, klingelte das Telefon. Der altertümliche Apparat stand der Eckbank gegenüber auf einer Anrichte.

Mit einem ergebenen Seufzer stand Berit Zwill auf. Leona hörte, wie sie sich mit ihrem Namen meldete. Ihre Antworten fielen eintönig und barsch aus. Leona registrierte, dass die schmächtigen Schultern ihrer Nachbarin zu beben begannen. Dabei umkrampfte sie den Hörer so fest, dass ihre Fingerknöchel weiß hervortraten. Der Anruf schien sie aufzuwühlen. »Wie oft soll ich Ihnen eigentlich noch sagen, dass wir kein Interesse haben. Nicht das Geringste. Lassen Sie uns endlich in Ruhe!« Bei den letzten Worten war Berit Zwills Stimme gleich mehrere Oktaven in die Höhe geklettert. Ihr Atem ging schnell und flach. Mit zitternder Hand knallte sie den Hörer auf die Gabel. Als sie sich umdrehte, war ihr Gesicht von einer hektischen Röte überzogen.

»Alles in Ordnung?«, erkundigte sich Leona besorgt.

Für einen Moment sah es so aus, als würde Berit Zwill ihr die Antwort schuldig bleiben. Schließlich nickte sie zaghaft. »Tut mir leid«, entschuldigte sie sich zerknirscht. »Normalerweise reagiere ich nicht so barsch auf Werbeanrufe. Aber das war heute schon der dritte.«

Damit war das Thema beendet, doch Leona ließ sich nicht täuschen. Berit Zwills Gesichtsausdruck verriet ihr, dass sie vor Wut kochte. Und hinter dieser Wut lauerte noch etwas anderes: Angst. Telefonwerbung mochte lästig sein, derartig heftige Gefühlsregungen rechtfertigte sie nicht. Leonas zweifelnde Miene brachte ihr einen kühlen Blick ein. »Wenn Sie mich jetzt bitte entschuldigen würden, ich habe noch zu tun.«

Ihre Nachbarin war zur Küchentür gegangen. Ein offensichtliches Zeichen, dass der Besuch für sie damit beendet war. Widerwillig stand Leona auf und folgte ihr nach draußen. »Wenn ich irgendetwas für Sie tun kann, lassen Sie es mich wissen.« Sie drückte Berit Zwill eine Visitenkarte mit ihrer Telefonnummer in die Hand. Um ihre Worte zu unterstreichen, legte sie ihr mitfühlend die Hand auf den Oberarm. Obwohl Leona sie nur flüchtig berührte, zuckte ihre Nachbarin heftig zusammen und verzog das Gesicht vor Schmerz. Verwirrt ließ Leona die Hand sinken. Was war geschehen? Sie hatte doch nur sanft über ihren Arm gestrichen. Der hässliche Verdacht von vorhin drang wieder in ihr Bewusstsein. Bevor sie sich darüber klar werden konnte, hielt ein schwarzer BMW mit Rügener Kennzeichen vor dem Grundstück. Ein trotz seiner gedrungenen Gestalt sportlich wirkender Mann Ende 40 stieg aus und hob lächelnd die Hand in Berits Richtung. Als er ihre versteinerte Miene bemerkte, erstarb der freudige Ausdruck auf seinem Gesicht.

6

In der folgenden Nacht fand Leona keinen Schlaf. Ihre Gedanken kreisten unablässig um Berit Zwill. Je länger sie sich ruhelos hin und her wälzte, desto mehr Fragen drängten sich auf. Was Henning wohl sagen würde, wenn er sie jetzt sehen könnte? Während sie sich sein Bild vor Augen zu rufen versuchte, verstand Leona plötzlich, wie er sich gefühlt hatte, wenn ihm ein ungeklärtes Verbrechen den Schlaf raubte: Er hatte nicht eher Ruhe gefunden, bis der Fall gelöst und der Schuldige seiner gerechten Strafe zugeführt worden war. Vielleicht war es vom Schicksal so vorbestimmt, dass sie nun statt seiner hier lag und sich Gedanken um Dinge machte, die sie eigentlich nichts angingen. Dass sie über die Phase des Nachdenkens schon lange hinweg war, bewies ihr Anruf bei Peer. Nach ihrem Besuch bei Berit Zwill hatte Leona jemanden gebraucht, mit dem sie über ihre Eindrücke sprechen konnte. Was verbarg diese Frau vor ihr? Leona musste an das mysteriöse Telefonat denken, dessen unfreiwilliger Zeuge sie vor wenigen Stunden geworden war. Trotz ihres seltsamen Verhaltens war etwas von Berit Zwill ausgegangen, dem Leona sich nur schwer entziehen konnte und das gleichzeitig ihre Neugier erweckt hatte. Durch Henning hatte sie gelernt, sich in andere Menschen hineinzuversetzen, die Welt durch ihre Augen zu betrachten. Man musste kein Psychologe sein, um zu erkennen, dass der Verlust ihres Kindes sich wie ein dunkler Schatten auf Berit Zwills Seele gelegt hatte. Sie hatte eine so tiefe Trauer und Verletzlichkeit ausgestrahlt, dass Leona nicht anders konnte, als ihr helfen zu wollen. Aber dazu musste sie ihr Vertrauen gewinnen.

Wie zu erwarten, stand Peer ihrem Vorhaben alles andere als wohlwollend gegenüber. »Erst Henning, jetzt du. Tu mir bitte den Gefallen und misch dich nicht in Dinge ein, von denen du keine Ahnung hast«, hatte er sie davon abzuhalten versucht, sich als Hobbydetektivin zu betätigen. »Wer weiß, worauf du dich da einlässt. Was, wenn die Frau gar nicht so harmlos ist, wie du glaubst? Dann bringst du dich durch deine Fragerei in Gefahr. Denk an Henning!«, hatte er sie ermahnt. »Denk daran, was ihm passiert ist.«

Dabei verging kein Tag, an dem Leona nicht an ihn dachte. Daran, dass sein Eigensinn ihn am Ende das Leben gekostet hatte. Plötzlich war die Erinnerung an ihn wieder sehr präsent gewesen, und sie hatte mit den Tränen kämpfen müssen, als sie an seine letzten Stunden im Krankenhaus zurückdachte. Besonders ein Bild hatte sich ihr unauslöschlich eingeprägt. Immer wenn sie die Augen schloss, sah sie sein graues, eingefallenes Gesicht mit den aus Mund und Nase ragenden Schläuchen vor sich. Nachdem es Peer gelungen war, Henning aus den Klauen einer geistig gestörten Frau zu befreien, hatte dieser auf dem Weg in die Klinik einen Herzstillstand erlitten. Fast 20 Minuten lang war er reanimiert worden. Dabei reichten nach einem Herzstillstand schon fünf bis zehn Minuten, um das Gehirn irreversibel zu schädigen. Henning wäre verdammt gewesen, als Schwerstpflegefall dahinzuvegetieren, wenn es ihnen geglückt wäre, ihn ins Leben zurückzuholen. Wann immer die Trauer Leona zu überwältigen drohte, versuchte sie sich mit dem Gedanken zu trösten, welches Schicksal ihm erspart geblieben war. Sie hatte die Hand vor den Mund gepresst, um ein Schluchzen zu unterdrücken. Peer sollte nicht merken, wie nahe ihr seine Worte gegangen waren. Außerdem waren sie vom Thema abgeschweift. »Ich möchte einfach nur verstehen, was passiert ist«, war Leona auf den Grund ihres Anrufs zurückgekommen. »Und was es mit diesem seltsamen Telefonat auf sich hat.«

»Welches Telefonat?«

Um Peers aufkeimendes Interesse nicht gleich wieder erkalten zu lassen, hatte sie sich bemüht, ihre Eindrücke detailgetreu wiederzugeben. »Es war unübersehbar, dass Berit Zwill unter großer Anspannung stand«, hatte sie ihren von Peer kommentarlos zur Kenntnis genommenen Bericht beendet. Nur um gleich darauf ein Thema anzuschneiden, das ihr schon die ganze Zeit über auf den Nägeln gebrannt hatte.

Obwohl Leona sich bewusst war, wie indiskret ihre Frage auf Peer wirken musste, hatte sie sich für eine direkte Eröffnung entschieden. »Weißt du, wie es um die Ehe der Zwills bestellt war?«

Für einen Moment war nur Peers schwerer Atem zu hören gewesen. »Wieso willst du das wissen?«

Sein Tonfall hatte ihr klargemacht, dass sie gut daran täte, ihm ehrlich und ohne Ausflüchte zu antworten. Also hatte Leona ihm den Grund für ihre Frage auseinanderzusetzen versucht. »Es wäre nicht der erste Fall von häuslicher Gewalt«, war sie auf ihre Beobachtungen zu sprechen gekommen. »So was soll in den besten Familien vorkommen, und es würde ihre Reaktion erklären …«

»Da könnte was dran sein«, hatte Peer ausweichend erwidert. »Immerhin musste diese Ehe eine ganze Menge aushalten. Erst der Tod des Kindes und dann …«

»Dann was?«, hatte Leona ihn zum Weitersprechen gedrängt.

Statt ihrer Bitte nachzukommen, hatte Peer sie damit vertröstet, der Sache nachzugehen. »Aber nur, wenn du mir versprichst, dich in Zukunft nicht mehr in unsere Arbeit einzumischen. Einverstanden?«

Leona versprach, sich daran zu halten. Zum Glück hatte er nicht sehen können, wie sie die Augen verdrehte. Wenn Peer glaubte, sie würde nur still dasitzen und warten, hatte er sich getäuscht. Aber das musste sie ihm ja nicht auf die Nase binden.

»Gestattest du mir zum Abschluss noch eine Frage?«, hatte sie das Thema auf diplomatische Weise auf den Unbekannten zu lenken versucht, der bei ihrem Abgang auf der Bildfläche erschienen war.

Peer hatte nicht lange überlegen müssen. Ihrer Beschreibung nach konnte es sich laut Peer nur um Olrik Bruhns, Enochs Kompagnon, handeln. Die beiden kannten sich seit ihrer Kindheit und waren zusammen zur Schule gegangen. Danach war Olrik von der Bildfläche verschwunden. Als sich ihre Wege nach fast 20 Jahren erneut gekreuzt hatten, hatte Enoch ihm eine Stelle in seinem Radladen angeboten. Mittlerweile war Olrik zu seinem Teilhaber aufgestiegen. Das Geschäft lief glänzend und warf genug Gewinn für beide ab. Bevor Peer auflegte, hatte er ihr noch einmal eingeschärft, die Sache auf sich beruhen zu lassen. »Vergiss am besten, was ich dir gesagt habe.«

7

Obwohl Leona am Vorabend zeitig zu Bett gegangen war, fühlte sie sich müde und wie zerschlagen, als am Montagmorgen der Wecker klingelte. Vermutlich steckte ihr die vorletzte Nacht noch in den Knochen, in der sie sich schlaflos hin und her gewälzt hatte. Nach einem flüchtigen Blick auf die Uhr schälte sie sich mit einem ergebenen Seufzer unter der Decke hervor und ging ins Badezimmer. Wechselduschen und ein starker Kaffee halfen, ihre Müdigkeit auf ein erträgliches Maß zu reduzieren. Als sie sich kurz darauf auf den Weg zur Arbeit machte, riss die Wolkendecke auf und die Sonne kam zum Vorschein. Der Wetterbericht versprach einen heiteren Wochenbeginn. Es wurde auch Zeit, dass der Frühling endlich Einzug hielt. Erst recht, nachdem der Winter sich bis weit in den März hinein noch einmal so richtig ausgetobt und die Insel mit für diese Jahreszeit ungewöhnlich heftigen Schneefällen heimgesucht hatte. Umso mehr sehnte Leona sich nach warmen Sonnenstrahlen. Schade, dass sie den ganzen Tag hinter den dicken Mauern der Rechtsmedizin verbringen würde.

Leona war auf dem Weg in die Mittagspause, als ihr Handy klingelte. Am anderen Ende der Leitung war ein ihr unbekannter Mann, der sich als Dr. Laurenz Hausmann vorstellte. Er sagte, er sei Humangenetiker und arbeite an einem Forschungsprojekt über seltene Erbkrankheiten. Bevor sie etwas darauf erwidern konnte, fügte er rasch hinzu, er sei gerade in der Stadt und würde sich gerne mit ihr treffen. Seine Stimme war wohlklingend und weich. Als Leona sich nach seinem Anliegen erkundigte, antwortete er ausweichend. Genauso ausweichend wie auf die Frage, woher er ihre Handynummer habe.

»Ich weiß, dass Ihnen mein Verhalten merkwürdig vorkommen muss«, entschuldigte er sich zerknirscht. »Aber seien Sie versichert, dass ich gute Gründe dafür habe. Gründe«, schob er hinterher, »über die ich nicht am Telefon sprechen möchte. Können wir uns heute noch treffen?«

Die Eindringlichkeit, mit der er das sagte, zeigte Leona, wie wichtig die Angelegenheit für ihn war. Er schlug eine Uhrzeit vor und nannte den Namen eines am Markt gelegenen Cafés. Leona sagte zu. Normalerweise entsprach es nicht ihrer Art, sich mit wildfremden Männern zu verabreden, noch dazu, wenn sie sich so hartnäckig über den Grund dieser Verabredung ausschwiegen wie dieser Dr. Hausmann. Andererseits handelte es sich um einen Kollegen. Und es war ihm mit seiner Geheimniskrämerei gelungen, ihre Neugier zu wecken. Leona beschloss, ihm eine Chance zu geben. Erst einmal hören, was er von ihr wollte. Falls es ihr nicht gefiel, konnte sie jederzeit gehen.

Pünktlich um 17 Uhr betrat Leona das Café und sah sich suchend um. Sie hatte keine Ahnung, wie Dr. Hausmann aussah. Wahrscheinlich wie ein typischer Wissenschaftler. Doch der Mann, der sich bei ihrem Eintreffen erhob und auf sie zugeeilt kam, entsprach mit Ausnahme seiner Brille so gar nicht dem gängigen Klischee. »Ich freue mich, dass Sie meiner Einladung gefolgt sind«, bedankte er sich erleichtert, nachdem er sich vergewissert hatte, dass es sich bei ihr um Leona handelte. »Bitte nennen Sie mich Laurenz«, sagte er und schüttelte ihre Hand.

Er war ein Stück größer als sie und trug einen grauen Anzug, darunter ein weißes Hemd, das er mit einer dezent gemusterten Krawatte kombiniert hatte.

Nachdem Leona abgelegt und Platz genommen hatte, herrschte für einen Moment gespanntes Schweigen. Sie taxierten einander. Laurenz Hausmann hatte ungewöhnlich blaue Augen. Sein schmales, blasses Gesicht war von rotblondem Haar umgeben, das an den Schläfen von ersten grauen Strähnen durchsetzt war. Er trug eine schwarz umrandete Brille, die seinem Gesicht einen eulenhaften Ausdruck verlieh. Leonas Blick blieb an seinen Lippen hängen. Er hatte einen sinnlichen Mund. Wie alt mochte er sein? Sie schätzte ihn auf Anfang 50. Obwohl er um ein Lächeln bemüht war, spürte sie seine Anspannung. »Weshalb wollten Sie mich sprechen?« Das ihr angebotene Du ignorierte sie.

»Ich möchte Sie um einen Gefallen bitten«, eröffnete ihr Hausmann.

»Worum geht es?«

»Das ist nicht mit einem oder zwei Sätzen gesagt. Ich schlage vor, Sie hören mir erst mal zu und entscheiden dann, ob Sie mir helfen wollen oder nicht. Dass Sie es können, steht für mich außer Frage. Ich weiß nur nicht«, er zögerte, »ob Sie auch dazu bereit sind.«

Leona musterte ihn nachdenklich. Das hörte sich nach Problemen an. Sie erkundigte sich, warum er mit seinem Anliegen ausgerechnet zu ihr kam.

»Weil Sie die Einzige sind, die mir in dieser speziellen Angelegenheit weiterhelfen kann. Auch wenn das, worum ich Sie bitten möchte, nicht ganz …«

»Nicht ganz was?«, kam Leona ihm zuvor. Sie war alarmiert.

»Keine Angst, das, was ich von Ihnen möchte, ist nichts Unrechtes«, versuchte er ihre Bedenken zu zerstreuen.

»Na dann mal los«, ermunterte Leona ihn.

»Wie Sie bereits wissen, arbeite ich in der Genforschung«, begann Hausmann. »Um es abzukürzen, könnte man auch sagen, ich bin Experte für Erbkrankheiten.« Nachdem er kurz auf sein aus Biologen, Medizinern und Computerfachleuten bestehendes

Forschungsteam eingegangen war, kam er auf sein aktuelles Projekt zu sprechen. »Es geht darum, das Erbgut von möglichst vielen Menschen mit dem gleichen Krankheitsbild zu vergleichen und zu erfassen. Unsere Studie …«

In diesem Moment näherte sich der Kellner und notierte sich ihre Getränkewünsche. Nachdem er sich entfernt hatte, nahm Hausmann seine Brille ab und fuhr sich mit einer müden Geste über die Augen. »Wo war ich stehen geblieben?«

»Sie sprachen von Ihrer Studie.«

»Genau«, bedankte er sich. Es folgte ein Vortrag über Humangenetik und darüber, wie die menschliche Erbanlage heute mit neuesten Technologien untersucht werden konnte.

Obwohl Leona sich darum bemühte, ihm zu folgen, verstand sie nur Bahnhof. »Das ist ja alles schön und gut«, unterbrach sie ihn nach einer ihr endlos vorkommenden Weile, »trotzdem begreife ich nicht, was das mit mir zu tun hat.«

Hausmann warf ihr einen langen nachdenklichen Blick zu. Bevor er zu einer Antwort ansetzen konnte, brachte der Kellner die Getränke. Ein Wasser für Hausmann und einen Caffè Latte in einem hohen Glas für Leona. Sobald die Bedienung außer Hörweite war, sagte Hausmann: »Tut mir leid. Es lag nicht in meiner Absicht, Sie zu langweilen.« Er griff nach dem Wasserglas, um es mit einem einzigen Schluck bis zur

Hälfte zu leeren. »Sagt Ihnen der Begriff Neurofibromatose etwas?«

Leona erinnerte sich dunkel, dass es sich dabei um eine Erbkrankheit mit vom Nervensystem ausgehenden Veränderungen handelte.

»Der Krankheitsverlauf lässt sich nur schwer beurteilen«, sagte Hausmann in ihre Überlegungen hinein, »weil die Erkrankung bei den Patienten in sehr unterschiedlicher Form auftreten kann. Es gibt Kinder, die auf der Haut nur einige Café-au-Lait-Flecken und Fibrome aufweisen. Allerdings kann die Krankheit auch einen drastischen Verlauf nehmen.« Bei den letzten Worten verdüsterte sich seine Miene. »Sie entsteht durch eine Genmutation, die vererbt werden kann.«

Je ausführlicher er über dieses Thema berichtete, desto beschwörender wurde sein Tonfall. »Unsere Arbeit zielt darauf ab, aus den gewonnenen Informationen und Datenabgleichen neue Behandlungsansätze abzuleiten. Man könnte auch sagen, wir suchen nach Lösungen für erkrankte Kinder, die eine Diagnose brauchen.«

Während er sprach, stocherte Leona gedankenverloren mit ihrem Löffel im Milchschaum herum. »Was hilft eine Diagnose, wenn es bislang keine Therapie gibt?«

Ihr Einwand brachte ihr einen tadelnden Blick ein. »Wir sammeln Informationen in der Hoffnung, daraus neue Behandlungsansätze ableiten zu können«, verteidigte Hausmann seine Arbeit. »Auch wenn dies vielleicht keine ursächliche Therapie darstellt, allein konkrete Ratschläge und Unterstützung geben zu können, ist dabei ein ganz entscheidender Ansatz!« Leonas skeptische Miene ließ ihn hinzufügen, dass auch eine Diagnose Wirkung zeigen könne. »Denken Sie nur an die Familien, die nach einer Antwort suchen. Nach einer Erklärung, die ihnen hilft, zu verstehen, was mit ihrem Kind passiert. Die Schuldgefühle wegen der vererbten Gene kann man den Eltern dadurch zwar nicht nehmen, dafür aber einen Großteil ihrer Ängste. Hinzu kommt, dass eine Diagnose die Suche nach qualifizierten Ärzten enorm erleichtert. Sie glauben gar nicht, wie wichtig das für diese Familien ist. Sie können sich endlich ein Bild von der Krankheit ihres Kindes machen.«

Bei dem Wort »Kind« nahm sein Gesicht einen gequälten Ausdruck an. Leona glaubte, eine tiefe Traurigkeit und Verletzlichkeit in seinen Augen zu erkennen. Sie öffnete den Mund, um etwas zu erwidern, doch Dr. Hausmann kam ihr zuvor. »Vielleicht verstehen Sie mich, wenn ich Ihnen meine Geschichte erzähle. Wir hatten ein kleines Mädchen. Sie hieß Melanie«, begann er. Erschüttert hörte Leona ihren Kollegen davon berichten, dass seine Tochter im Alter von knapp fünf Jahren urplötzlich erkrankte. Und wie schwierig es war, die Krankheit zu diagnostizieren. »Am Ende stellte sich heraus, dass sie an Neurofibromatose litt und dass ich ihr diese Krankheit vererbt habe.«

»War in Ihrer Familie sonst noch jemand davon betroffen?«

»Die Vermutung liegt nahe.«

Seine Antwort ließ Leona stutzen. Bevor sie etwas darauf erwidern konnte, erzählte Laurenz Hausmann, er sei im Alter von zwei Jahren adoptiert worden. »Ich habe meine leiblichen Eltern nie kennengelernt. Sie starben bei einem Autounfall.« Damit war das Thema für ihn beendet und er kam auf seine Tochter zurück. »Jedenfalls sagte man uns, dass unsere Meli an einer sehr seltenen Unterform leidet: einem bösartigen Gehirntumor.« Er hielt kurz inne, um seine Worte nachwirken zu lassen.

Leona war zutiefst betroffen. »Wie schrecklich«, war alles, was ihr dazu einfiel.

»Haben Sie Kinder?«, erkundigte sich Hausmann hoffnungsvoll.

Leona spürte, dass sie errötete. Ihr »leider nicht«, hörte sich nach einer Entschuldigung an – was so natürlich nicht stimmte. Statt zu einer Erklärung anzusetzen, verdrängte sie den Gedanken mit einer unwirschen Handbewegung. Hier war weder der passende Ort noch die richtige Zeit, um dieses Thema zu vertiefen.

»Schade, denn dann werden Sie sich nicht in mich hineinversetzen können.« Hausmann wirkte nachdenklich. Überlegte er, ob er mit seinem Anliegen, das sich ihr noch immer nicht erschlossen hatte, auf sie bauen konnte? Bevor sie sich darüber klar werden konnte, fuhr der Arzt fort: »Nach Melis Tod hat sich meine Frau von mir getrennt. Wir hatten nur dieses eine Kind, und es gab nichts mehr, was uns noch verband. Unser beider Leben schien von heute auf morgen vorbei zu sein. Wir hatten nichts mehr, wofür es sich noch zu leben lohnte.« Er schluckte. »Am Ende war es die Arbeit, die mich davor bewahrt hat, vor die Hunde zu gehen.« Leona hörte ihn sagen, er habe seine ganze Kraft und Energie in die Erforschung dieser verteufelten Krankheit gesteckt. »Mit Erfolg«, wie er betonte. »Es gibt zwar keine geschlechtsspezifische Verteilung, doch unsere Studie hat belegt, dass mehr Männer als Frauen diese Krankheit in sich tragen. Sie müssen das nicht einmal merken. Ich habe ja auch keinerlei Beschwerden. Nichts bis auf ein paar kaffeebraune Hautflecke unter den Achseln und an den Händen.« Er legte seine langen, schlanken Hände auf die Tischplatte, damit Leona sie sehen konnte. »Klingt harmlos und ist es auch. Zumindest in meinem Fall.« Er räusperte sich. »Im Laufe der Jahre habe ich mich durch Unmengen von gerichtsmedizinischen Protokollen gelesen, um diejenigen, in denen Neurofibromatose eine Rolle spielt – was extrem selten zutrifft – mit denen meiner Tochter zu vergleichen. Dabei bin ich auf einige wenige Fälle gestoßen, die dem ihren gleichen.« Hausmann hatte seine Stimme zu einem Flüstern herabgesenkt. Leona musste sich ein Stück nach vorn beugen, um ihn besser verstehen zu können.

»Die Betroffenen starben alle an einer äußerst seltenen Mutation, die sich durch einen bösartigen Hirntumor bemerkbar macht. Auf Grundlage dieses Wissens hat unser Team ein spezielles Computerprogramm entwickelt. Es kann Patienten nach bestimmten Mutationen auswählen.«

»Soll das heißen, Sie haben eine Gendatenbank erschaffen, die alle Fälle von Neurofibromatose nach ihrer Entstehung erfasst?«, erkundigte sich Leona beeindruckt.

»Im Prinzip ja. Das eigentliche Problem bestand darin, dass ich zwar die Krankenberichte kannte, nicht aber die Menschen, die sich dahinter verbargen.«

»Wie sind Sie an die Daten gekommen?« Die Frage erschien Leona angesichts der strengen Datenschutzbestimmungen in Deutschland durchaus berechtigt.

»Das war gar nicht so schwer«, wurde ihr von Hausmann mit einem kaum wahrnehmbaren Lächeln beschieden. »Wir haben in einigen Fachzeitschriften inseriert und für die Teilnahme an einer Studie geworben. Der Aufruf richtete sich an alle von Neurofibromatose betroffenen Patienten, die diese ganz spezielle Mutation aufwiesen. Sie wurden gebeten, sich bei uns zu melden. In der Regel lief es so ab, dass sie von ihrem behandelnden Arzt auf die Studie aufmerksam gemacht wurden und der dann auch den Kontakt vermittelt hat.«

Hausmann hielt kurz inne, um seiner Kollegin Gelegenheit zu geben, nachzufragen, was sie auch prompt tat. Sie wollte jedoch nichts zu der Studie wissen, sondern fragte, was das alles mit ihr und ihrer Arbeit zu tun habe. Ihr drängender Tonfall zeigte Hausmann, dass er gut daran täte, endlich die Karten auf den Tisch zu legen.

»Also gut«, begann er, »reden wir Tacheles. Es geht um die Erkrankung meiner Tochter. Darum, dass ich ihr die todbringenden Gene vererbt habe. Sie litt an denselben Symptomen wie Enoch Zwills Tochter. Deshalb bin ich heute hier. Weil ich Sie um eine DNA-Probe von Enoch Zwill bitten möchte.«

Nun war es heraus, das Ungeheuerliche in Worte gefasst. Leona brauchte einen Moment, um sich zu sortieren. »Ist Ihnen bewusst, was Sie da von mir verlangen?«, entgegnete sie aufgewühlt. »Ich meine, ich würde Ihnen wirklich gerne helfen. Aber wenn das rauskommt, bin ich meinen Job los.« Sie schüttelte den Kopf.

»Ich weiß, was ich Ihnen abverlange«, hörte sie Laurenz Hausmann wie aus weiter Ferne sagen. »Trotzdem bitte ich Sie, Ihre Antwort zu überdenken. Sie sind meine einzige Chance.« Er sah ihr direkt in die Augen, als wollte er unterstreichen, wie wichtig ihm diese Sache war und dass er seine ganze Hoffnung in sie setzte. Für einen Moment sagte keiner von beiden ein Wort. Leona war hin- und hergerissen. Ihr Verstand riet ihr, aufzustehen und zu gehen. Doch ihr Gewissen drängte sie zu bleiben.

Hausmann schien zu erahnen, was in ihr vorging. »Ich würde Sie nicht darum ersuchen, wenn ich mir nicht so viel davon versprechen würde.« Um seine Bitte zu bekräftigen, stellte er klar, dass es Berit Zwill war, die sich mit ihm in Verbindung gesetzt hatte. »Sie hat den Aufruf gelesen und mir ihre volle Unterstützung zugesichert. Zumindest am Anfang.« Verzweifelt raufte er sich die Haare. »Ich weiß bis heute nicht, was diesen plötzlichen Sinneswandel ausgelöst hat. Weshalb sie von heute auf morgen nichts mehr davon wissen wollte …«

»Haben Sie mit ihr gesprochen?«

Ihr Kollege nickte. »Mehrfach. Wenn auch nur telefonisch«, schränkte er ein. »Die Gespräche liefen wirklich gut. Frau Zwill erklärte sich zu einem Test bereit. Ich hatte den Eindruck, ihr sei daran gelegen, unsere Arbeit zu unterstützen. Wie vereinbart kam sie mit ihrer Tochter zu uns, um sich testen zu lassen. Alles schien perfekt zu laufen. Bis ich sie vor zwei Monaten anrief, um einen Termin für ihren Mann zu vereinbaren.« Sein mühsam aufrechterhaltenes Lächeln erstarb. »Frau Zwill versprach, mit ihm zu reden und sich bei mir zu melden.« Er musste nicht hinzufügen, dass sie ihr Versprechen nicht gehalten hatte. Leona konnte es ihm vom Gesicht ablesen.

»Als ich nichts von ihr hörte, rief ich erneut an. Nur um zu erfahren, dass ihr Mann es sich aus mir bis heute unerklärlichen Gründen anders überlegt habe. Und wissen Sie, was das Schlimmste daran ist?«, fragte er, ohne Leona die Möglichkeit zu einer Erwiderung zu geben. »Das Schlimmste ist nicht, dass er es sich nicht nur anders überlegt hat, sondern dass ich nicht mehr dazu kam, ihn nach dem Grund zu fragen«, meinte er. Er musste nicht hinzufügen, dass ihm nun auch die Möglichkeit genommen war, sich Enoch Zwills DNA auf offiziellem Weg zu besorgen.

Leona dachte nach. »Wann haben Sie zuletzt mit Frau Zwill telefoniert?« Das Datum, das er ihr nach kurzem Überlegen nannte, bestätigte ihre Vermutung. Er war der mysteriöse Anrufer, mit dem Berit Zwill während Leonas Besuch gesprochen hatte.

»Allerdings wusste ich zu diesem Zeitpunkt noch nicht, dass ihr Mann bei einem Brand ums Leben gekommen war. Das habe ich erst später herausgefunden«, riss Hausmann sie aus ihren Überlegungen.

»Und dann haben Sie erfahren, dass er auf meinem Tisch gelandet ist, und sich mit mir in Verbindung gesetzt«, schlussfolgerte Leona. Damit war alles gesagt und ihr Kollege stand auf.

»Sie müssen sich nicht gleich entscheiden. Ich möchte Sie nur bitten, noch einmal über unser Gespräch nachzudenken. Es würde mir wirklich weiterhelfen, Sie in dieser Angelegenheit auf meiner Seite zu wissen.« Als sie sich zum Abschied die Hand gaben, hielt Leona seine etwas länger als notwendig. Es war eine Berührung, die ihm signalisieren sollte, dass es ihr leidtat. Dass sie ihn verstand. Und dass sie über seine Bitte nachdenken würde.

8

Am kommenden Wochenende wurde Leona von einem durch die Jalousie fallenden Sonnenstrahl geweckt. Sie ging zum Fenster und öffnete es weit. Laue Luft strömte herein und strich über ihre Haut.

In den letzten Tagen hatte der Frühling endlich Einzug gehalten. Die angenehm warmen Temperaturen hatten die Natur regelrecht explodieren lassen. Alles grünte und blühte.

Was für ein perfekter Tag, dachte Leona und beschloss, den für heute geplanten Hausputz auf später zu verschieben. Nachdem sie in aller Ruhe gefrühstückt hatte, schwang sie sich aufs Rad, um zum Friedhof zu fahren.

In Middelhagen angekommen, stellte sie ihr Fahrrad gegenüber der »Linde« ab. Henning hatte ihr erzählt, dass an der Stelle des jetzigen Gasthauses einst ein von Mönchen errichteter Klosterhof gestanden hatte, welcher der Halbinsel zu ihrem Namen Mönchgut verholfen hatte. Aus jener Zeit stammte auch die mittelalterliche Katharinenkirche und Teile eines altertümlichen Kleinbauerngehöfts, die mit Museum und Dorfplatz den historischen Ortskern bildeten.

Hennings letzte Ruhestätte lag im hinteren Teil des nur wenige Schritte entfernten Friedhofs. Auf dem

Rückweg führte sie ihr Weg an einer Grabstelle vorbei, auf der ein kleiner, weißer Marmorengel mit zum Gebet verschlungenen Händen kniete. Die Daten auf dem schlichten Grabstein verrieten ihr, dass es sich um ein Kindergrab handelte. Leona konnte sich nichts Schlimmeres vorstellen, als ein Kind zu verlieren. Schon der bloße Gedanke verursachte ihr eine Gänsehaut. Während sie ihren Blick über das liebevoll mit orangefarbenen Stiefmütterchen bepflanzte Grab gleiten ließ, nahm sie im Augenwinkel bei einem der nächsten Gräber eine Bewegung wahr. In den Strahlen der tief stehenden Aprilsonne kniete eine schwarz gekleidete Frau. Es dauerte einen Moment, bis Leona sie erkannte. Es war Berit Zwill, ihre Nachbarin. Sie stützte sich mit der Hand auf dem Boden ab und hatte sich dabei so weit vornübergebeugt, dass Leona sie um ein Haar übersehen hätte. Ihre rechte Hand war mit welken Blättern gefüllt. Sie bemerkte Leona erst, als sie direkt neben ihr stand. Berit Zwills gerötete Augen verrieten, dass sie geweint hatte. Sie sah noch schmaler und blasser aus als bei ihrer letzten Begegnung.

»Wie geht es Ihnen?« Kaum hatte Leona die Frage ausgesprochen, hätte sie sich dafür ohrfeigen können. Wie konnte sie nur so unsensibel sein. Selbst ein Holzklotz hätte mehr Einfühlungsvermögen an den Tag gelegt. Doch ihre Nachbarin schien sich nicht daran zu stören.

»Es könnte besser gehen«, gab sie offenherzig zu.

»Wenn ich irgendwie helfen kann …«

»Danke für das Angebot, aber was ich jetzt brauche, ist wohl eher ein guter Anwalt.«

»Ein Anwalt?«, wunderte Leona sich. »Wieso das denn?«

»Um die Polizei davon zu überzeugen, dass ich keine Mörderin bin.«

Leonas Augen weiteten sich. »Wie kommen Sie denn darauf?«

»Wie ich darauf komme? Das sollten Sie besser diesen inkompetenten Trottel von einem Polizisten fragen, diesen Boström. Statt mir Enochs Mörder zu präsentieren, hat er mich wie einen Schwerverbrecher behandelt«, sprudelte es aus Berit Zwill heraus.

Leona glaubte, sich verhört zu haben. »Er hat was?«

»Anscheinend hat er herausgefunden, dass es mit unserer Ehe nicht zum Besten stand«, vertraute Berit Zwill ihr mit entwaffnender Offenheit an.

Leonas Gedanken überschlugen sich. Das Telefonat, schoss es ihr durch den Kopf. Was, wenn es ihre Schuld war? Sie hatte den Gedanken noch nicht zu Ende gedacht, als sie Wut in sich hochkochen spürte. Wie konnte Peer nur so dumm sein, aus ihren Beobachtungen ein Tatmotiv abzuleiten? Schuldbewusst senkte sie den Kopf. »Das tut mir leid.« In ihrer Stimme schwang aufrichtiges Bedauern mit.

»Das muss Ihnen doch nicht leidtun. Schließlich bin ich selber schuld daran.«

»Wieso das denn?«, fragte Leona irritiert.

»Weil ich so blöd war, ihm das hier zu zeigen.« Berit Zwill schob den Ärmel ihres schwarzen Pullis nach oben. Die darunter zum Vorschein kommende Haut war mit Abschürfungen und Blutergüssen übersät. Also stimmte Leonas Verdacht. Berit Zwill war von ihrem Mann misshandelt worden. Als hätte ihre Nachbarin ihre Gedanken erraten, wiegelte sie ab: »Hin und wieder ein paar blaue Flecken sind kein Grund, jemanden umzubringen.«

»Das nicht«, stimmte Leona ihr zu. »Aber wie mir scheint, war es ja nicht nur das. Sie deutete auf die Platzwunde, die ihr schon bei ihrem letzten Zusammentreffen aufgefallen waren. »Wenn ich mich nicht täusche, geht das auch auf sein Konto.«

Berit Zwills Schweigen ließ sie davon ausgehen, dass sie mit ihrer Vermutung richtig lag. Trotz des sonnigen Wetters fröstelte Leona. »Sie hätten Ihren Mann wegen Misshandlung anzeigen können«, sagte sie.

»Toller Vorschlag!«

»Immer noch besser, als gar nichts zu unternehmen«, beharrte Leona, die dabei noch einen Schritt weiter dachte. »Sie haben eine Tochter. Was, wenn …?«

»Vergessen Sie's«, fiel Berit ihr ins Wort. »So einer ist – war«, verbesserte sie sich rasch, »Enoch nicht. Er hätte Kathi niemals etwas angetan. Dazu war die Sache mit Amrei viel zu frisch, tat viel zu weh, als dass er die Hand gegen sein Kind erhoben hätte. Mag sein, dass er ein schlechter Ehemann war. Aber als Vater hat er sich nichts zuschulden kommen lassen.« Berits Blick streifte Amreis Grab. »Ich wünsche niemandem, am eigenen Leib zu erfahren, was wir durchmachen mussten.« Sie seufzte. Ein Seufzen, das aus tiefstem Herzen kam. »Durch Amreis Tod waren wir beide am Boden zerstört«, begann sie leise. »Enoch hat es nie geschafft, mich auf den Friedhof zu begleiten. Heute weiß ich, dass es seine Art war, mit dem, was uns passiert ist, umzugehen. Er hat Amreis Tod verdrängt. Sprach nie darüber, was dieser Verlust für ihn bedeutet hat. Stattdessen ist er zur Tagesordnung zurückgekehrt, als sei nichts geschehen. Es gab eine Zeit, da hab ich ihn dafür gehasst, dass er mich mit meiner Trauer allein gelassen hat.« Eine Träne löste sich aus Berits Augenwinkel. Sie wischte sie mit einer trotzigen Handbewegung weg. »Wissen Sie, was das Schlimmste ist?«

Beklommen zuckte Leona mit den Schultern.

»Es ist diese verdammte Gleichgültigkeit. Anfangs kann man sich vor Mitgefühl kaum retten. Aber glauben Sie mir, diese Phase klingt rasch ab.« Es folgte ein verbittertes Schnauben. »Nach ein paar Monaten fand sich kaum noch jemand, der dazu bereit war, sich mit dem Thema auseinanderzusetzen. Stattdessen riet man mir, endlich mit der Vergangenheit abzuschließen. Ich konnte genau spüren, was von mir erwartet wurde. Ich sollte zum Alltag übergehen und weitermachen wie bisher. Als klar wurde, dass ich dazu nicht bereit war, zogen sich auch die letzten unserer sogenannten Freunde zurück. Am Ende blieb mir niemand mehr. Dabei hätte ich dringend jemanden gebraucht, der einfach nur zuhört. Aber wahrscheinlich ist das zu viel verlangt, in einer Gesellschaft, in der der Tod ein Tabu ist. Für die er nicht existiert. Zumindest so lange nicht, bis es einen selbst betrifft. Und sogar dann wird das Thema noch immer verdrängt, obwohl der Tod für jeden von uns unausweichlich ist. Bloß nicht darüber reden. Seit Amreis Tod verstehe ich auch meine Schwiegermutter«, fügte sie leise hinzu. »Ihr ging es genauso.«

»Hat sie auch ein Kind verloren?«

»Schlimmer. Man hat es ihr weggenommen.«

»Weggenommen?«

»Das ist eine lange Geschichte.« Plötzlich wirkte Berit Zwill verunsichert. Es war ihr anzusehen, dass sie mit sich rang. Sollte sie Leona davon erzählen? Schließlich kannten sie sich kaum. Doch ihre Entscheidung fiel schnell. »Wenn Sie wollen, erzähle ich sie Ihnen bei einer Tasse Kaffee.«

9

Zum wiederholten Mal an diesem Abend nahm Leona die ihr von Berit Zwill zur Verfügung gestellten Aufzeichnungen zur Hand. An Schlaf war jetzt ohnehin nicht zu denken.

Ihre Hände bebten, als sie das in dunkelblaues Leinen gebundene Tagebuch aufschlug, um erneut zu lesen, was Gundula Zwill, Berits Schwiegermutter, ihm anvertraut hatte.

Heute ist Mittwoch, der 11. Juli. Schon die ganze Woche über scheint die Sonne von einem wolkenlosen Himmel auf uns herab. Obwohl es noch nicht einmal Mittag ist, liegen die Temperaturen jenseits der 30-Grad-Marke. Lange halte ich diese Hitze nicht mehr aus. Hoffentlich schadet sie dem Baby nicht. Es ist so unruhig. Ich kann seine Bewegungen spüren. Es ist, als würde ein Schwarm Schmetterlinge in meinem Bauch nisten. Dabei empfinde ich das zarte Flügelschlagen als angenehm. Zeigt es mir doch, dass es meinem Kind gut geht.

Aus den folgenden Einträgen ging hervor, dass Gundula Zwills Schwangerschaft unter keinem guten Stern stand. Sie berichtete von Zwischenblutungen und

Komplikationen. Als es in der 28. Schwangerschaftswoche zum vorzeitigen Blasensprung kam, wurde sie wegen des Verdachts auf Plazentaablösung ins Kreiskrankenhaus Stollberg überwiesen.

Der Ortsname ließ Leona stutzen. Sie hatte angenommen, dass die Zwills schon immer im Norden heimisch gewesen waren. Stollberg lag jedoch am Nordrand des Erzgebirges, etwa 20 Kilometer südwestlich von Chemnitz und circa 15 Kilometer nordöstlich von Aue, im Tal des Gablenzbachs. So kann man sich täuschen, dachte Leona, bevor sie weiterlas. Die Mediziner entschlossen sich nach fast dreiwöchigem Klinikaufenthalt dazu, zum Skalpell zu greifen. Gundula Zwill wurde in der 31. Schwangerschaftswoche unter Vollnarkose per Kaiserschnitt entbunden. Vom Arzt erfuhr sie, dass es ein Junge war. Sie hörte ihn schreien, dann wurde er weggebracht. Die nächsten Stunden verbrachte die junge Mutter allein in einem Zimmer. Zwischendurch schaute der Arzt vorbei, um sie zu untersuchen. Sie bekam Medikamente und dämmerte vor sich hin. Ihr Mann durfte nicht zu ihr.

Ein paar Sätze weiter hieß es: *Gegen Abend bekam ich Besuch von einer Frau. Sie hielt mir ein amtlich aussehendes Schreiben unter die Nase und redete so lange auf mich ein, bis ich es unterschrieb. Keine Ahnung, was da stand. Wenig später sagte man mir, dass mein Kind tot sei. Ich war wie gelähmt.* Leona hatte Mühe, die krakelige Handschrift zu entziffern.

Aus den Aufzeichnungen ging hervor, dass es niemanden gab, der die Eltern über die genauen Todesumstände aufklärte. Alles, was sie zu hören bekamen, waren Ausflüchte. Auch die Leiche des Kindes durften sie nicht sehen, um Abschied zu nehmen.

Gundula Zwill war derart traumatisiert, dass sie weder nach dem Grab noch nach dem Obduktionsbericht fragte. Auch nicht nach ihrem Mutterpass, der plötzlich wie vom Erdboden verschwunden war. Bevor sie in ihr altes Leben entlassen wird, versichert ihr der Arzt, dass alles seine Richtigkeit habe und er sich um alles Weitere kümmern werde. Für Gundula Zwill, die in diesem Moment nur noch nach Hause wollte, bestand kein Grund, ihm zu misstrauen. Er war schließlich Arzt und damit jemand, dessen Wort man nicht infrage stellte.

Nachdenklich ließ Leona das Tagebuch sinken. Das klang ganz so, als ob die Ärzte in der DDR einen Sonderstatus innegehabt hatten. Den Status von Heiligen, deren Meinung man hinzunehmen, aber keinesfalls zu hinterfragen hatte. Das Kind war tot – basta! Sollte die Mutter sehen, wie sie damit fertig wurde. Sie war jung und konnte noch viele Kinder bekommen. Auf Leonas Unterarmen bildete sich eine Gänsehaut. Als hätte dieser Gedanke eine von ihr nicht mehr zu steuernde Maschinerie in Gang gesetzt, schob sich plötzlich eine andere Szene vor ihr inneres Auge. Leona versuchte, diese Erinnerung auszublenden. Doch sie ließ sich weder ausblenden noch verdrängen. Dazu hatte sie sie schon viel zu lange in die hintersten Tiefen ihres Unterbewusstseins verbannt, aus denen sie jetzt wie ein Ungeheuer hervorkroch. Leona spürte, wie sie zurückglitt, wie sie hinabgezogen wurde, tiefer und tiefer hinab in den Nebel ihrer Jugend. Plötzlich war sie wieder 17 und lag mit vor Schmerz verzerrtem Gesicht auf der Straße. Blut, das aus einer Wunde am Kopf sickerte, lief ihr über Stirn und Wange. Ihr Bauch schmerzte höllisch. Neben ihr auf dem regennassen Asphalt lag ihr Moped. Sie war einem entgegenkommenden Laster ausgewichen, von der Fahrbahn abgekommen und gegen einen Baum geprallt. Dabei hatte der Lenker sich in ihren Unterleib gebohrt. Um die massiven inneren Blutungen zu stoppen, hatte man die Gebärmutter entfernen müssen. Leona würde niemals Kinder bekommen können. Noch heute sah sie das besorgte Gesicht des Arztes vor sich, als er sie darüber informierte. Es gäbe noch etwas anderes im Leben, hatte er ihr mit auf den Weg gegeben. Doch für Leona waren seine Worte kein Trost gewesen. Zu tief saßen der Schmerz und das Gefühl, etwas Unwiederbringliches und zugleich unendlich Wertvolles verloren zu haben.

Sie hatte das Thema zu ignorieren versucht. Hatte gehofft, die Zeit würde das Gefühl der Leere heilen. Stattdessen waren Trauer und Wut immer stärker geworden. Jahrelang hatte sie gegen ihren unerfüllbaren Kinderwunsch angekämpft. Doch irgendwann war er so übermächtig geworden, dass sie jedes Mal einen schmerzhaften Stich verspürt hatte, wenn sie eine Mutter mit ihrem Kind erblickte. Dann war Rüdiger in ihr Leben getreten, und sie hatte ernsthaft mit dem Gedanken gespielt, ein Kind zu adoptieren. Doch noch bevor sie das Thema zur Sprache bringen konnte, war Rüdiger krank geworden. Totsterbenskrank. In den folgenden Wochen und Monaten war nur noch wichtig gewesen, die Zeit, die ihm noch blieb, für ihn so angenehm wie möglich zu gestalten. Inzwischen war sie Mitte 30 und hatte die Hoffnung längst aufgegeben.

Plötzlich musste sie an Henning denken. Ihm waren eigene Kinder auch verwehrt geblieben. Leona hatte sich schon oft gefragt, ob er sich vielleicht gerade deshalb so gut in andere Menschen und deren Nöte hatte hineinversetzen können.

Mit einem unterdrückten Seufzer las Leona weiter und erfuhr, dass Gundula Zwill einen weiteren Sohn gebar: Enoch. Trotzdem hinterließ der Tod ihres Erstgeborenen eine Lücke in ihrem Herzen. Gundula fühlte sich unvollständig. Es war ein nur schwer zu ertragender Zustand. Ein Zustand, der ihr Leben für immer veränderte. Aus ihren Aufzeichnungen ging hervor, dass sie unter Depressionen und Schlafstörungen litt.

Ich tat nur noch das Nötigste, stand da zu lesen, *folgte gewohnheitsmäßig dem Tageslauf. Wenn mich niemand sah, flüchtete ich ins Bett und zog mir die Decke über den Kopf. Keiner sollte etwas bemerken. Mir ist bis heute schleierhaft, wie meine Familie das ertragen hat. Was habe ich mich nach einer »richtigen« Krankheit gesehnt. Nach einer, die einem die notwendige Anteilnahme der Umwelt sicherte. Stattdessen war ich die, die nicht über den Verlust ihres Kindes hinwegkam. Alle außer mir glaubten, es wäre tot. Aber das war es nicht. Eine Mutter spürt so was. Meiner Meinung nach konnte es nur einen Grund geben, weshalb mir der Abschied von meinem Kind verwehrt worden war, weshalb ich es nicht noch ein letztes Mal sehen durfte: Man hat mir meinen kleinen Jungen weggenommen und nur behauptet, er sei tot. Das ist für mich so gewiss wie das Amen in der Kirche. Deshalb werde ich auch nie aufhören, nach der Wahrheit zu suchen.*

Gundula Zwills Haltung nötigte Leona Respekt ab. Sie versuchte sich vorzustellen, was sie an ihrer Stelle getan hätte: Sie hätte Himmel und Hölle in Bewegung gesetzt, um die Wahrheit ans Licht zu bringen. Welche Mutter würde nicht so handeln?

Doch war ihre Hartnäckigkeit auch von Erfolg gekrönt gewesen?

Gundula Zwill jedenfalls schien fest daran zu glauben. Und sie sollte recht behalten. Zwar nicht in Bezug auf die Wahrheit, denn die hatte Gundula Zwill, wie Leona inzwischen wusste, nie herausfinden können. Dafür aber in einem anderen Punkt. Gespannt las Leona, dass die Suche nach Gundula Zwills Sohn mit den Möglichkeiten des Internets eine völlig neue Qualität erfahren hatte. In diversen Foren zu diesem Thema fand sie weitere Betroffene. Aus einschlägigen Blogs erfuhr sie von Zwangsadoptionen in der DDR. Sie stieß auf Berichte, bei denen Eltern die Kinder aus politischen Gründen weggenommen worden waren. Andere Quellen berichteten über sehr junge Mütter, deren Kinder für tot erklärt worden waren. In Wahrheit hatte man sie an regimetreue Parteigenossen verhökert. Wie in ihrem Fall waren die Kinder per Kaiserschnitt entbunden worden. Noch während die Mütter unter Narkoseeinfluss standen, wurden sie genötigt, eine Erklärung zu unterschreiben. Danach wurden die Säuglinge weggebracht. Gundula Zwill hatte nie herausfinden können, worum es sich bei dieser Erklärung gehandelt hatte. Dafür war sie im Laufe der Jahre auf 124 Fälle gestoßen, in denen Angehörige an der offiziellen Diagnose Säuglingstod zweifelten. Endlich hatte sie jemanden gefunden, der ihr Glauben schenkte und sie ernst nahm.

Ein dem Tagebuch beigefügter Zeitungsausschnitt beschrieb einen solchen Fall. Es handelte sich um die Geschichte der damals erst 17-jährigen Sunhild Scheitner und deren Sohn Thomas. Der Junge wurde am 21.04.1965 in Berlin-Friedrichshain geboren. Zwei Tage nach der Geburt erhielt Sunhild Scheitner die Nachricht, ihr Sohn sei verstorben. Es wurde ihr verwehrt, Abschied von ihrem toten Kind zu nehmen, und sie erfuhr auch nicht, wo es bestattet wurde. Sunhild Scheitner erhielt keine Sterbeurkunde. Viele Jahre später kam dann ans Tageslicht, dass Thomas noch leben könnte. Ausgelöst wurde das Ganze durch einen Anruf der Rentenkasse. Sunhild Scheitner sollte die Sterbeurkunde ihres Sohns vorlegen, die zu ihrer Rentenberechnung benötigt wurde. Die Mutter nahm also Kontakt zu der damaligen Geburtsklinik auf, wo noch eine Krankenschwester von damals arbeitete, mit der Sunhild Scheitner sich seinerzeit ein wenig angefreundet hatte. Diese zeigte sich verwundert über den Tod des Jungen. Sie konnte sich noch gut daran erinnern, dass er damals völlig gesund gewesen war. Trotz einer nachträglich ausgestellten Sterbeurkunde ließen sich Sunhild Scheitners Zweifel an Thomas' Tod nicht aus der Welt räumen. Sie werde nicht eher ruhen, wurde sie in dem Artikel zitiert, bis sie Gewissheit über das Schicksal ihres Sohnes habe.

Dem Frauenarzt, der sie damals entbunden hatte, war zwar nicht nachzuweisen, dass er etwas mit dem Verschwinden von Thomas zu tun gehabt hatte, doch es gelang der verzweifelten Mutter, seine Glaubwürdigkeit zu erschüttern. Plötzlich stand seine Aussage, der Junge sei kurz nach der Geburt gestorben, im Widerspruch zu denen anderer Ärzte des Krankenhauses. Ein nicht namentlich erwähnter Arzt behauptete, das Kind sei in ein Krankenhaus in Lichtenberg verlegt worden. Dafür sprach auch die Tatsache, dass in den Akten des Krankenhauses in Berlin-Friedrichshain ein Vermerk über den Tod des Jungen fehlte.

Als Sunhild Scheitner in dem Krankenhaus in Lichtenberg um Akteneinsicht bat, stellte sich heraus, dass auch dort keine Unterlagen existierten. Dasselbe galt für das Krematorium. Es gab keinerlei Dokumente, die Auskunft über eine erfolgte Bestattung des Jungen hätten liefern können.

Je länger sie darüber nachdachte, desto mehr Fragen häuften sich. Warum hatte es ausgerechnet ihr Kind treffen müssen? Sie hatte in der DDR ein völlig unauffälliges Leben geführt, war nie negativ aufgefallen.

In dem Artikel wurde darüber spekuliert, ob es möglicherweise an ihrem Alter gelegen hatte. Daran, dass sie mit 17 Jahren Mutter geworden war. Sunhild Scheitner hatte damals in Berlin bei ihrer Mutter gelebt, die Alkoholikerin und von der Geburt ihres Enkels überfordert war. Normalerweise hätte sie sich um die Beerdigung und die damit verbundenen Behördengänge kümmern müssen.

Kein Wunder, dass Berichte wie dieser Gundula Zwill zu immer neuen Nachforschungen veranlassten. Denn wie Sunhild Scheitner hatte auch sie am eigenen Leib erfahren müssen, wie es sich anfühlt, wenn einem das Liebste auf der Welt, das eigene Kind, einfach so weggenommen wird. Und das womöglich nur, weil ein anderes Paar, das keine Kinder bekommen konnte, Anspruch darauf erhob. Ob diese Menschen wohl jemals einen Gedanken daran verschwendeten, was sie der leiblichen Mutter damit antaten? Wahrscheinlich nicht.

Es war bereits weit nach Mitternacht, als Leona auf einen Ende der 90er-Jahre verfassten Brief stieß. Es war die Kopie eines Schreibens, in dem Gundula Zwill die Klinik in Stollberg mit ihrem Verdacht konfrontierte. Es schloss sich ein umfangreicher Schriftwechsel an, der darin mündete, dass man ihr Ende 2008 auf ihre wiederholte Anfrage hin die von ihr angeforderten Unterlagen zuschickte. Es handelte sich dabei um einen abschließenden Bericht über den Tod ihres Kindes. Darin wurde festgestellt, dass Gundulas Sohn an einem Atemnotsyndrom gelitten hatte. Er war von Fruchtwasser abgesaugt worden, danach hatte man ihn mit Sauerstoff versorgt. Trotz aller Bemühungen hatte sich sein Zustand stark verschlechtert, weshalb er an ein Beatmungsgerät angeschlossen worden war. Vergebens. Das Kind war kurz nach der Geburt an Herzversagen gestorben.

Um der Sache auf den Grund zu gehen, hatte Gundula Zwill eine Kopie des Autopsieberichtes angefordert. Es gelang ihr sogar den Arzt ausfindig zu machen, der ihn unterschrieben hatte. Allerdings konnte er ihr keine Auskunft mehr geben, weil er tot war. Genau wie der Gynäkologe, der sie damals entbunden hatte.

Was blieb, waren Zweifel. Berechtigte Zweifel, wie Leona nach gründlichem Studium des Obduktionsberichtes zugeben musste. Schade, dass der Arzt, der ihn unterschrieben hatte, nicht mehr am Leben war. Leona hätte zu gerne gewusst, weshalb er das von ihm obduzierte Kind als voll ausgebildeten Säugling bezeichnet hatte, obwohl Gundula Zwills Sohn typische Merkmale einer Frühgeburt aufwies.

Natürlich konnte nicht ausgeschlossen werden, dass es sich dabei um ein Versehen handelte. Doch was wenn nicht? Was, wenn das von dem Arzt obduzierte Kind nicht Gundula Zwills Sohn war?

Je länger Leona darüber nachdachte, desto überzeugter war sie davon. Kein Wunder, dass Gundula Zwill nicht mit der Vergangenheit abschließen konnte. Was sie brauchte, war Gewissheit. An dieser Stelle kam Enoch ins Spiel. Gundula Zwill hatte ihn gebeten, ihr bei der Suche nach seinem Bruder zu helfen. Seine Nachforschungen ergaben, dass eine Stollberger Bestattungsfirma damit beauftragt worden war, sich um die Leichen aus der Pathologie zu kümmern.

Leona musste an einen Vortrag denken, den sie kürzlich besucht hatte. Es ging um Totgeburten. Darum, wie mit ihnen in DDR-Krankenhäusern verfahren worden war. Bis zu jenem Tag hatte Leona sich vehement geweigert, die Gerüchte, die ihr über dieses Thema zu Ohren gekommen waren, ernst zu nehmen. Doch nach dem Vortrag des Dozenten hatte sich das geändert. Um die Säuglingssterblichkeit zu senken, hatte es in der DDR eine Kommission gegeben, deren Aufgabe darin bestand, jeden Fall eines toten Babys zu überprüfen. Die Leichen waren obduziert worden – unabhängig davon, ob die Eltern dem zustimmten oder nicht. Babys, die tot zur Welt gekommen oder kurz nach der Entbindung gestorben waren, waren zusammen mit den Leichen Erwachsener verbrannt worden. Letztere waren beigesetzt worden, die Totgeburten hingegen waren spurlos verschwunden. Genau wie in Sunhild Scheitners Fall blieben die Eltern zeit ihres Lebens im Ungewissen. Warum das so gehandhabt wurde, warum man den Säuglingen ein ordentliches Begräbnis verweigert hatte, dafür gab es bis heute keine hinreichende Erklärung.

Leona zwang sich, sich wieder auf die Tagebuchnotizen zu konzentrieren. Das Stollberger Bestattungsunternehmen hatte Enoch mitgeteilt, dass im kompletten Archiv keine Unterlagen zu seinem Bruder existierten, auch nicht im Krematorium. Dieselbe Antwort erhielt er von der Friedhofsverwaltung Stollberg. War das Kind anonym auf der sogenannten grünen Wiese bestattet worden? Selbst wenn dem so gewesen war, hätte es darüber Unterlagen geben müssen. Alles in allem eine weitere Frage, auf die es keine Antwort gab. Kein Wunder, dass Gundula Zwill bis zu ihrem Tod felsenfest davon überzeugt gewesen war, dass ihr Sohn noch lebte und man ein anderes Kind obduziert hatte. Um das Ganze zu vertuschen, waren dem Tagebuch zufolge alle Unterlagen vernichtet worden, die damit in Zusammenhang standen.

Genau wie in dem im Zeitungsbericht erwähnten Fall, schoss es Leona durch den Kopf. Es widerstrebte ihr, von einem Zufall auszugehen. Obwohl der Gedanke zu abwegig war, um ihn ernsthaft in Betracht zu ziehen, ließ er sie nicht mehr los. Was, wenn Gundula Zwill recht hatte? Wenn ihr Kind tatsächlich gegen ein krankes ausgetauscht worden war? Elena Dierks fiel ihr ein, einer der letzten Fälle von Henning. Auch wenn ihr Schicksal ganz anders gelagert war, hatte sie nichts und niemand von der Überzeugung abbringen können, dass ihr Kind am Leben war, obwohl alles dagegen sprach. Am Ende hatte sie Recht behalten.

Sollte Gundulas Vermutung zutreffen, würde das dem Fall womöglich eine völlig neue Richtung geben. Was, wenn Enoch Zwill bei seinen Nachforschungen auf einen Hinweis gestoßen war, der die Behauptung seiner Mutter untermauerte?

10

Mit einem wohligen Seufzer lehnte sich Leona in ihrem Stuhl zurück. »Das war lecker«, bedankte sie sich bei Marlies und Peer für das köstliche Essen. Sichtlich erfreut über das Lob stand Marlies auf, um den Nachtisch aus der Küche zu holen. Bei ihrer Rückkehr erwartete sie ein hitziger Schlagabtausch. Marlies hatte sich auf einen harmonischen Abend gefreut und konnte ihre Enttäuschung nun nur schwer verbergen. Da hatte sie den ganzen Nachmittag in der Küche gestanden und dann das. Dabei hatte der Abend so vielversprechend begonnen. Noch während sie sich den plötzlichen Stimmungsumschwung zu erklären versuchte, fiel Berit Zwills Name.

»Wie kann man nur so unsensibel sein?«, sagte Leona vorwurfsvoll.

»Wieso unsensibel?«, wunderte sich Peer. »Ich gehe nur meiner Arbeit nach.«

Seine Antwort brachte ihm einen vernichtenden Blick von Leona ein. »Die Frau hat gerade erst ihren Mann verloren. Und du behandelst sie wie eine Schwerverbrecherin. Ich …« Weiter kam sie nicht.

Mit einem lauten Knall stellte Marlies das mit Dessertschalen beladene Tablett auf dem Esstisch ab und stemmte die Hände in die Hüften. »Du hast was?«

Auf Peers Stirn bildete sich eine steile Falte. »Jetzt macht aber mal halblang. Ich gehe schließlich nur meiner Pflicht nach. Immerhin handelt es sich hier um ein Gewaltverbrechen«, rief er ihnen ins Gedächtnis. »Wenn sie nichts zu verbergen hat, hat sie auch nichts zu befürchten.«

»Was sollte sie deiner Meinung nach denn zu verbergen haben?«, erkundigte sich Marlies angriffslustig.

»Ich fürchte, das ist meine Schuld«, kam Leona ihm zuvor. »Hätte ich Peer nichts von meiner Vermutung erzählt, wäre er nie …«

»Von welcher Vermutung?«, hakte Marlies nach. »Entschuldige, aber ich verstehe nur Bahnhof. Kann mich mal jemand aufklären, worum es hier eigentlich geht?«

Nachdem Leona geendet hatte, herrschte für einen Moment lang betretenes Schweigen.

»Das ist ja ein dickes Ding.« Marlies stand ihre Bestürzung ins Gesicht geschrieben. »Und jetzt glaubst du«, meinte sie an Peer gewandt, »sie könnte ihren Mann umgebracht haben, weil der sie misshandelt hat?«

»Ich glaube gar nichts«, stellte ihr Freund klar, »aber ich muss diese Möglichkeit in Erwägung ziehen.«

»Das hätte man ihr auch etwas behutsamer beibringen können«, beharrte Leona auf ihrem Standpunkt. »Immerhin hat es das Leben bislang nicht gerade gut mit ihr gemeint.«

»Diplomatie ist wirklich nicht deine Stärke«, pflichtete Marlies ihr bei. »Kein Wunder, dass sie so schlecht aussah, als ich euch«, sie warf Leona einen Blick zu, »letztens zusammen gesehen habe.«

Peers Kopf schnellte empor. »Sag das noch mal!«

»Als ich gestern nach Sellin zum Einkaufen gefahren bin, sind sie mir auf dem Fahrradweg entgegengekommen.«

Hektische Röte überzog Peers Gesicht. Er wandte sich an Leona: »Hatte ich dich nicht darum gebeten, dich von ihr fernzuhalten?«

Leona starrte ihn entgeistert an. »Glaubst du wirklich, ich lass mir von dir vorschreiben, mit wem ich reden darf und mit wem nicht? Das kann ja wohl nicht dein Ernst sein!« Sie schüttelte den Kopf. »Außerdem habe ich mich gar nicht mit ihr getroffen«, stellte sie klar, »wir sind uns zufällig auf dem Friedhof begegnet und anschließend zusammen nach Hause gelaufen. Das ist ja wohl nicht verboten.« Leona hatte sich in Rage geredet. Aus ihren grünen Augen sprühten vernichtende Funken. »Statt um meine Sicherheit besorgt zu sein, solltest du dich lieber auf deine Arbeit konzentrieren.«

Peer sog scharf die Luft ein. »Willst du mir unterstellen, ich wäre …?«

»Schluss jetzt!«, versuchte Marlies die Debatte zu beenden. »Das kann man ja nicht mit anhören! Statt aufeinander loszugehen, solltet ihr euch lieber fragen, wie man der armen Frau helfen kann.«

Leona nickte ihr dankbar zu. »Apropos Hilfe: Peer, hast du dich schon mal gefragt, ob Enochs Tod etwas mit seinen Nachforschungen zu tun haben könnte?«

Es war Peer anzusehen, dass er keine Ahnung hatte, wovon sie sprach. »Welche Nachforschungen?«

»Er wollte herausfinden, was mit seinem Bruder passiert ist.«

Ihre Antwort entlockte ihm ein Stöhnen. »Jetzt fang du nicht auch noch damit an.«

Interessiert beugte Leona sich nach vorn. »Wieso, wer denn noch?«

»Seine Mutter.« Auf Peers Gesicht machte sich ein gequälter Ausdruck breit. »Sie war wie besessen davon. Es verging kein Jahr, in dem sie mich und meine Kollegen nicht deswegen aufgesucht hätte.«

»Weswegen?« Der Einwurf kam von Marlies, die so langsam gar nichts mehr verstand.

»Sie ist nicht über den Tod ihres Kindes hinweggekommen«, klärte Leona sie auf.

»Welches Kind? Ich wusste gar nicht, dass Enoch Geschwister hat.«

»Hat er auch nicht«, beeilte sich Peer richtigzustellen. »Der Junge ist kurz nach der Geburt gestorben.

Doch statt sich damit abzufinden, hat sie sich in die fixe Idee verrannt, man habe ihr Kind weggenommen.«

»Es gegen ein krankes Kind vertauscht«, konkretisierte Leona.

»Wie kam sie denn darauf?«

»Es wurde ihr nicht gestattet, sich von ihrem toten Sohn zu verabschieden.«

»Wie furchtbar!« Marlies war erschüttert. »Aber warum …?«

»Warum, warum«, wiederholte Peer genervt. »Weil das damals so üblich war.« Bevor Marlies etwas erwidern konnte, fügte er hinzu: »Ich habe mich schlaugemacht und herausgefunden, dass das in der DDR gängige Praxis war.«

»Stimmt leider«, bestätigte Leona.

Eine Weile sagte keiner ein Wort. Es war Leona, die das Schweigen brach. »Hat sie dir das Tagebuch gezeigt?«

»Natürlich!«

»Und?«, hakte sie nach, als Peer keine Anstalten machte, weiterzureden.

»Nichts und. Ich habe Wichtigeres zu tun, als mich mit den Hirngespinsten einer verwirrten alten Frau zu befassen.«

»Soll das heißen, du hast …?«

»Nie auch nur eine Seite davon gelesen«, brachte Peer sie mit einer unwirschen Handbewegung zum Schweigen. Er fühlte sich sichtlich unwohl. Normalerweise war er es, der die Fragen stellte, und nicht umgekehrt.

Leona schluckte die harsche Bemerkung hinunter, die ihr auf der Zunge lag. Ein Seitenblick auf Marlies verriet ihr, dass auch sie sich beherrschen musste, um nichts Unbedachtes zu sagen. »Mag sein, dass du das so siehst. Trotzdem wäre es deine Pflicht gewesen, der Sache nachzugehen«, sagte sie selbst auf die Gefahr hin, damit das Fass zum Überlaufen zu bringen.

Peer sah sie erstaunt an. »Was soll das heißen?«

»Dass es mit Sicherheit kein Fehler gewesen wäre, sich die Zeit zu nehmen«, beharrte Leona. »Vielleicht hättest du danach auch anders über die von ihr erhobenen Vorwürfe gedacht.«

»Wieso auch, wer denn noch?«

»Ich«, entgegnete Leona schlicht. »Das Tagebuch wirft nämlich weit mehr Fragen als Antworten auf«, meinte sie und spielte damit auf den Obduktionsbericht an. »Je länger ich darüber nachdenke, desto überzeugter bin ich, dass man Gundula Zwills Baby gegen ein krankes ausgetauscht hat, das kurz nach der Geburt starb. Dafür spricht auch, dass es weder eine Leiche noch ein Grab gibt. Enochs Nachforschungen haben ergeben, dass sich eine Stollberger Bestattungsfirma um die Leichen aus der Pathologie gekümmert hat.« Bevor sie weitersprach, suchte sie Peers Blick. »Doch als er dort vorsprach, um die Unterlagen einzusehen, stellte sich heraus, dass es keine gab. Sie waren auf unerklärliche Weise verschwunden. Und das aus einem angeblich komplett erhaltenen Archiv«, unterstrich sie ihre Ausführungen.

»Du machst Witze!«

»Ganz im Gegenteil!«

Das musste Peer erst einmal verdauen. Für eine Weile war nur sein schwerer Atem zu hören. »Was schlägst du vor?« Seinen Worten war anzumerken, wie viel Überwindung sie ihn kosteten.

»Herausfinden, was damals wirklich geschah.«

»Und wie?«

Leona konnte sich nicht daran erinnern, ihn jemals so ratlos gesehen zu haben.

»Ihr könntet beim Obduktionsbericht anfangen«, schlug Marlies vor, »indem ihr euch mit dem Arzt in Verbindung setzt, der ihn seinerzeit erstellt hat.«

»Gar nicht so dumm«, musste Peer zugeben.

Auf Leonas Gesicht erschien ein gequältes Lächeln. »Dafür ist es leider zu spät.«

»Soll das heißen, dass …?«

»… alle, die etwas darüber wissen könnten, bereits verstorben sind«, beendete Leona Peers Satz.

»Wenn das so ist, werden wir wohl nie erfahren, was damals wirklich geschehen ist.« Die Worte waren ihm einfach so herausgerutscht.

»Das ist wieder einmal typisch für dich«, ereiferte sich Marlies. »Immer gleich die Flinte ins Korn werfen.« Ihr Ton war alarmierend hoch und schrill.

»Manchmal frag ich mich ernsthaft, wieso du überhaupt zur Polizei gegangen bist.«

Dieselbe Frage hatte Leona sich auch gestellt. Allerdings ohne sie auszusprechen.

Das war eindeutig zu viel. Hochrot im Gesicht schlug Peer mit der Faust auf den Tisch. »Jetzt reichts aber!«

Leona hob beschwichtigend die Hände. »Statt rumzuschreien, solltest du besser überlegen, was wir tun können.«

Ihre Worte schienen Wirkung zu zeigen. »Tut mir leid, wenn ich manchmal übers Ziel hinausschieße«, räumte Peer widerwillig ein. »Aber deswegen gleich meine Eignung als Polizist infrage zu stellen ...« Zu seinem Verdruss bemerkte er, dass er sich verteidigte. Dabei gab es seiner Meinung nach keinen Grund ihn zu kritisieren; er hatte alles richtig gemacht.

»Ich bin sicher, Marlies hat es nicht so gemeint«, versuchte Leona die Situation zu entschärfen. »Stimmt doch, oder?«

Den Blick, den Leona ihr dabei zuwarf, ließ Marlies erkennen, dass es besser war, ihn in diesem Glauben zu lassen.

Peer beschloss, ihr Nicken als Entschuldigung zu betrachten. Er konnte zwar mitunter ganz schön aufbrausend sein, doch dass er nachtragend war, konnte man nicht behaupten. Auch wenn Marlies' Worte ihn mehr verletzt hatten, als er sich eingestehen wollte.

»Du sprachst von Ungereimtheiten«, kam er auf die Aufzeichnungen zurück.

Als hätte Leona nur darauf gewartet, dass er endlich zur Vernunft kam, öffnete sie ihre Handtasche und entnahm ihr eine Mappe. »Hier, damit du dir schon mal einen Überblick darüber verschaffen kannst, was dich bei der Lektüre des Tagebuches erwartet«, meinte sie und hielt ihm zahlreiche kopierte Passagen entgegen. »Der Vollständigkeit halber würde ich mir an deiner Stelle auch noch den Rest besorgen.« Wortlos griff Peer nach der Mappe. Wollte sie in dieser Angelegenheit erfolgreich sein, war sie auf seine Hilfe angewiesen. Das schien Peer zu spüren.

»Wenn ich dich recht verstanden habe, gehst du davon aus, dass Enoch sterben musste«, kam er auf den Ausgangspunkt zurück, »weil er etwas entdeckt hat. Etwas, das das, was damals geschah, in einem völlig neuen Licht erscheinen lässt.«

Leona nickte. »Es würde mich nicht wundern, wenn Enochs Tod etwas mit seinen Nachforschungen zu tun hat.«

»Das klingt, als ob du einen konkreten Verdacht hättest«, bemerkte Marlies.

Leona zögerte. »Verdacht würde ich es nicht nennen. Es ist mehr so ein Gefühl, das mir sagt, es könnte etwas mit der Geburtsklinik zu tun haben. Von Berit Zwill weiß ich, dass ihr Mann erst kürzlich dort gewesen ist, allerdings ohne etwas Neues in Erfahrung zu bringen. Aber vielleicht hat er das auch nur gesagt, um sie nicht zu beunruhigen.«

»Dann sollten wir uns dort mal umhören«, schlug Peer vor.

»Daran habe ich auch schon gedacht«, pflichtete Leona ihm erleichtert bei. »Die Klinik befindet sich in Stollberg. Das liegt in der Nähe von Chemnitz und damit gar nicht so weit von Plauen entfernt.«

Noch während sie das sagte, kam ihr eine Idee. »Du könntest Jenny um Hilfe bitten. Wer weiß, vielleicht gelingt es ihr, jemanden ausfindig zu machen, der sich an den Fall erinnert.«

Peer versprach, sich darum zu kümmern.

11

Leona war gerade heimgekommen, als ihr Telefon zu klingeln begann. Es war Dr. Hausmann. Beim Klang seiner Stimme bekam Leona weiche Knie. Was, wenn ihr Deal aufgeflogen war? Doch ihre Bedenken stellten sich als unbegründet heraus. Hausmann wollte sich bloß noch einmal für ihre Hilfe bedanken. Erleichtert stieß Leona Luft aus. Das war gerade noch mal gut gegangen. Nicht auszudenken, was passiert wäre, wenn jemand herausgefunden hätte, dass sie ihm eine Blutprobe zwecks DNA-Bestimmung von Enoch Zwill hatte zukommen lassen.

Natürlich hätte sie sich seiner Bitte auch verweigern können. Aber sie hatte darüber nachgedacht, was Henning an ihrer Stelle getan hätte, und war zu dem Schluss gekommen, dass sie Hausmann helfen musste. Ganz einfach aus dem Gefühl heraus, das Richtige zu tun. Auch wenn sie damit gegen alle Vorschriften verstieß.

»Ich rufe aber noch aus einem anderen Grund an«, sagte Hausmann in ihre Überlegungen hinein. »Streng genommen unterliegt diese Information zwar der Geheimhaltung. Aber nachdem Sie mir so weit entgegengekommen sind, erscheint es mir nur recht und billig, mein Wissen mit Ihnen zu teilen.«

Wie sich im Verlauf des Gesprächs herausstellte, hatte Hausmann Enoch Zwills DNA mit der seiner beiden Töchter abgeglichen. Dabei hatte er, wie er Leona unter dem Siegel der Verschwiegenheit anvertraute, eine ganz erstaunliche Entdeckung gemacht. »Ich habe herausgefunden, dass Enoch Zwill nur von einem der Mädchen der leibliche Vater ist.«

Leona verschlug es einen Moment lang die Sprache. »Welches?«, erkundigte sie sich mit tonloser Stimme.

Er nannte ihr Amreis Namen. Leona musste an das Kindergrab auf dem Friedhof denken. An die Inschrift auf dem Grabstein. »Irrtum ausgeschlossen?«, vergewisserte sie sich.

»Sonst hätte ich nicht angerufen. Ich ... nun, wie soll ich sagen ...? Es ist auch für mich nicht einfach, damit klarzukommen. Ich meine, schließlich wissen wir beide, dass Enoch Zwill keines natürlichen Todes gestorben ist. Was, wenn ich mit dem, was ich herausgefunden habe, dazu beitragen könnte, seinen«, er schluckte, »seinen Mörder zu überführen?«

Er musste nicht hinzufügen, an wen er dabei dachte. Auch Leona hatte diese Möglichkeit bereits in Erwägung gezogen. Hatte Berit Zwill sie hinters Licht geführt? Konnte sie sich so in ihr getäuscht haben? War sie eine eiskalte Mörderin? Dass sie ein Motiv hatte, war unumstritten.

Die Frage war nur, was sie jetzt tun sollten. Normalerweise hätten sie mit ihrem Wissen zur Polizei gehen müssen, was natürlich nicht ging, weil sonst alles aufgeflogen wäre. Damit hätte alles, wofür sie beide ein Leben lang hart gearbeitet hatten, auf dem Spiel gestanden. Und das betraf nicht nur ihren Job. Hier ging es um weit mehr.

Leona beschloss, vorerst gar nichts zu unternehmen. Selbst auf die Gefahr hin, damit einen Mörder zu decken. Wie sich herausstellte, vertrat Dr. Hausmann dieselbe Meinung. Bevor sie sich voneinander verabschiedeten, verständigten sie sich darauf, erst einmal abzuwarten.

Vielleicht lagen sie mit ihrer Vermutung ja völlig daneben, und es bestand kein Grund, sich Sorgen zu machen, geschweige denn ein schlechtes Gewissen zu haben. Um sich darüber Klarheit zu verschaffen, gab es nur einen Weg.

Während Leona darüber nachdachte, klingelte es an der Haustür. Es war Berit Zwill.

Das muss Gedankenübertragung sein, schoss es Leona durch den Kopf. »Wir haben gerade über Sie gesprochen. Ich meine natürlich, ich habe an Sie gedacht«, verbesserte sie schnell und versuchte, sich nichts von ihren aufgewühlten Gefühlen anmerken zu lassen.

Ihre Nachbarin sah sie verwundert an. »Ihrer Miene nach zu urteilen bin ich dabei nicht sonderlich gut weggekommen«, stellte sie verunsichert fest.

Statt etwas darauf zu erwidern, trat Leona einen Schritt beiseite und bedeutete ihr einzutreten. Während sie ins Wohnzimmer voranging, überlegte sie fieberhaft, wie sie unverfänglich noch mehr von Berit Zwill erfahren könnte, worüber sie Hausmann eben informiert hatte.

»Darf ich Ihnen etwas zu trinken anbieten?«, fragte sie, um Zeit zu schinden.

Berit Zwill winkte ab. »Machen Sie sich keine Umstände. Ich wollte nur das Tagebuch abholen.«

Schuldbewusst senkte Leona den Kopf. Das Tagebuch. Sie hatte es ihr gleich nach der Unterredung mit Peer zurückgeben wollen, stattdessen lag es noch immer auf ihrem Nachttisch. Eine Entschuldigung murmelnd, ging sie nach oben, um es zu holen.

Das Chaos in ihrem Kopf machte es ihr unmöglich, einen klaren Gedanken zu fassen. Ihr fiel deshalb auch nichts Besseres ein, als das Tagebuch ihrer Nachbarin mit den Worten: »Danke, dass Sie es mir geliehen haben«, auszuhändigen.

»Gern geschehen«, winkte Berit Zwill ab. »Ich bin froh, wenn sich jemand dafür interessiert.« Sie hielt kurz inne, als sei ihr noch etwas eingefallen. »Apropos Interesse. Wissen Sie, wer heute bei mir war?«

»Wer denn?«

»Dieser Boström.«

Mit einem Schlag war Leona hellwach. »Der Polizist, der Ihnen den Mord an Ihrem Mann anhängen wollte?«, erkundigte sie sich scheinheilig.

»Genau der. Nur dass er heute wie ausgewechselt war. Hat sich sogar für sein Verhalten entschuldigt.«

Was ihm bestimmt nicht leichtgefallen sein dürfte, dachte Leona. »Gibt es schon etwas Neues im Fall Ihres Mannes?«, fragte sie.

Berit Zwill zuckte vage mit den Schultern. »Ich habe das Gefühl, die Polizei tappt noch immer im Dunkeln. Immerhin richten sich die Ermittlungen nicht mehr ausschließlich gegen mich.« Das klang erleichtert.

»Sondern?«

»Es heißt, sie würden in alle Richtungen ermitteln. Ich weiß zwar nicht, was dieser Boström darunter versteht, aber solange es die von meiner Schwiegermutter erhobenen Vorwürfe einschließt, soll mir das nur recht sein. Anders kann ich mir sein plötzlich erwachtes Interesse an dem Tagebuch jedenfalls nicht erklären. Sie etwa?«

»Dann sind Sie also überzeugt, dass der Tod Ihres Mannes mit seinen Nachforschungen zusammenhängt?« Die Frage brachte ihr einen verwunderten Blick ein.

»Womit denn sonst?«

»Sagen Sie es mir.«

»Was?«

»Wie wäre es mit der Wahrheit? Zum Beispiel, wer der Anrufer neulich war. Oder warum Sie mit allen Mitteln verhindern wollten, dass Ihr Mann an dieser Testreihe teilnimmt.« Die plötzliche Schärfe in Leonas Stimme traf Berit Zwill völlig unerwartet. Sie wurde kreidebleich und schlug die Hände vors Gesicht. Ein Beben erschütterte ihre schmächtige Gestalt.

Augenblicklich rührte sich Leonas schlechtes Gewissen. Wie hatte sie nur so undiplomatisch sein können? Berit Zwill war zu ihr gekommen, weil sie in ihr eine Verbündete gesehen hatte, jemand, der an ihre Unschuld glaubte. Und sie? Sie hatte nichts Besseres zu tun, als ihr Vertrauen zu missbrauchen und sie in die Enge zu treiben. Genau genommen verhielt sie sich damit sogar noch verwerflicher als Peer.

»Woher … woher wissen Sie …?«, stieß Berit Zwill zwischen zwei Schluchzern hervor.

Leona überlegte fieberhaft, was sie darauf antworten sollte. Etwa, dass sie sich mit Hausmann getroffen hatte? Oder dass sie als Rechtsmedizinerin arbeitete und obendrein mit Boström befreundet war? Undenkbar!

»Es tut mir leid«, entschuldigte sie sich reumütig. »Ich … Keine Ahnung, was in mich gefahren ist.« Plötzlich war ihre Wut verraucht und hatte einer tiefen Traurigkeit Platz gemacht. Was hatte sie nur angerichtet?

»Ich wollte Ihnen nicht zu nahe treten«, versuchte Leona zu retten, was noch zu retten war. »Es ist nur, weil …«

»Schon gut.« Berit Zwill winkte ab. »Sie haben ja recht. Ich habe Ihnen nicht die ganze Wahrheit gesagt.« Sie seufzte tief.

»Der Anrufer neulich«, begann sie, »das war keine Telefonwerbung.« Was Berit Zwill ihr im Anschluss offenbarte, deckte sich voll und ganz mit Leonas bisherigen Erkenntnissen.

»Dabei war ich anfangs Feuer und Flamme«, versuchte sie ihr Verhalten zu rechtfertigen. »Allein die Vorstellung, etwas zur Erforschung dieser verteufelten Krankheit beitragen zu können …« Statt weiterzureden, hob sie den Kopf und sah Leona an. Die Verzweiflung, die Leona dabei in ihren Augen las, ging ihr so nahe, dass sie nicht anders konnte, als auf sie zuzugehen und sie in die Arme zu schließen. Dabei wünschte sie sich nichts mehr, als genauso offen sein zu können. Sie über ihr Interesse an dem Fall aufzuklären und sie wegen ihrer Unaufrichtigkeit um Verzeihung zu bitten.

Im ersten Moment hatte es den Anschein, als würde Berit Zwill ihre wahren Beweggründe spüren und zurückweichen. Doch dann ging ein Ruck durch ihren Körper. Ihr Kopf sank kraftlos an Leonas Schulter, Tränen liefen ihr übers Gesicht. Leonas Nähe schien ihr gutzutun. »Es tut mir so leid«, stieß sie zwischen zwei Schluchzern hervor. Leona strich ihr behutsam über den Rücken, während Berit sich ihren Schmerz von der Seele weinte. Es dauerte eine Weile, bis Berit sich so weit gefasst hatte, um weitersprechen zu können. »Dabei wollte ich doch nur helfen. Welche Konsequenzen das Ganze nach sich ziehen würde, ist mir erst viel später bewusst geworden. Als es schon fast zu spät war«, bekannte sie niedergeschlagen.

»Enoch … allein die Vorstellung, was er mit mir gemacht hätte, wenn …«

»… wenn er herausgefunden hätte, dass Katharina nicht seine leibliche Tochter ist«, vervollständigte Leona den Satz. Nun war es heraus und sie hielt die Luft an. Wie würde Berit Zwill reagieren? Statt es abzustreiten, nickte sie. Sie schien noch nicht einmal erstaunt darüber zu sein, dass Leona ihr Geheimnis kannte. Vielmehr wirkte sie erleichtert. Als habe man ihr eine schwere Bürde abgenommen.

Nun, da dieser Druck von ihr abgefallen war, sprudelte es wie ein Wasserfall aus ihr heraus: »Ich hatte Angst«, gab sie unumwunden zu. »Furchtbare Angst, dass Enoch dahinterkommen würde. Sie haben ja keine Ahnung, wie jähzornig er sein konnte …« Ihr Blick irrte durch den Raum. Auf der Suche nach irgendeinem Punkt, an dem sie Halt fand.

Leona spürte, was in ihr vorging, und legte ihr beschwichtigend die Hand auf den Arm. Die Vorstellung, was diese Frau all die Jahre über sich hatte ergehen lassen müssen, verursachte ihr ein mehr als flaues Gefühl im Magen.

»Ich glaube, ich brauch jetzt erst mal eine Stärkung.« Aufgewühlt ging Leona zur Anrichte und griff nach der erstbesten Flasche, die ihr zwischen die Finger kam. »Auch einen?« Berit nickte, und beide genehmigten sich einen Kognak, dem bald schon ein Zweiter folgte. »Wollen wir uns nicht duzen? Ich heiße Leona.«

»Und ich Berit.« Sie prosteten einander zu. »Danke, dass du mich nicht verurteilst«, meinte Berit nach einer Weile.

»Warum sollte ich? Es gibt keinen Grund, sich Vorwürfe zu machen«, versuchte Leona ihr ihre Schuldgefühle zu nehmen.

»Natürlich gibt es den«, widersprach Berit. »Immerhin habe ich meinen Mann betrogen und belogen. Wobei das noch nicht einmal das Schlimmste ist. Das Schlimmste ist, dass ich es jederzeit wieder getan hätte.«

Leona rechnete ihr ihre Ehrlichkeit hoch an. Gleichzeitig spürte sie, dass da noch mehr war. Dass sie gerade erst damit begonnen hatte, ihr Gewissen zu erleichtern. Und Leona sollte recht behalten.

»Es ist … Es war … Es ist einfach so passiert«, begann Berit. »Es ging mir damals nicht gut. Die Sache mit Amrei … Ich hatte gerade wieder zu arbeiten angefangen. Als Küchenkraft in der Linde. Die Beschäftigung, sie hat mir gut getan«, erzählte sie in abgehackten Sätzen. »Ich hab mich nicht mehr so nutzlos gefühlt.« Ihr Blick ging in die Ferne und verlor sich in der Erinnerung. Plötzlich zeigte sich ein Strahlen auf Berits Gesicht. Als hätte man eine Glühbirne angeknipst. »Ich weiß nicht mal seinen Nachnamen. Ich weiß nur, dass er Richard hieß und Gast bei uns war. Also in der Linde«, ergänzte sie rasch. »Das Erste, was mir an ihm aufgefallen ist, waren seine Augen. Ich hab gleich gemerkt, dass er etwas Besonderes ist. Er war ganz anders, als alle Männer, die ich bis dahin gekannt habe. So mitfühlend und nett. Er hat mich nur ansehen müssen, um meinen Schmerz zu spüren. Dabei kannten wir uns überhaupt nicht. Es war wie …« Sie schien nach den passenden Worten zu suchen. Nach etwas, das ihre Gefühle auf den Punkt brachte. »Es hat mir einfach gutgetan, mit ihm zusammen zu sein«, sagte sie schlicht. »Ich empfand keine Schuldgefühle gegenüber Enoch. Die kamen erst später, als mir mein Zustand bewusst wurde.«

»Du meinst, als dir aufging, dass du schwanger warst?«

Berit nickte. »Nur dass Richard da schon längst abgereist war.«

Leona sah sie erstaunt an. »Soll das heißen, dass …?«

Berit senkte verschämt den Kopf. »… er nichts davon wusste, dass ich ein Kind von ihm erwarte. Wir … nun, wir haben uns nie wieder gesehen.«

»Und Enoch?«, insistierte Leona. »Hat er denn keinen Verdacht geschöpft?«

»Ich glaube nicht. Nein«, verbesserte sie sich. »Ich bin davon überzeugt, er war ahnungslos. Sonst säße ich heute nicht hier.«

Beklommen fragte Leona sich, wie es sich anfühlen musste, in ständiger Angst zu leben. »Hast du denn nie daran gedacht, ihn zu verlassen?«, erkundigte sie sich mitfühlend.

»Du kanntest Enoch nicht. Der hätte mich überall

gefunden. Außerdem ist er Katharina ein guter Vater gewesen«, versuchte sie, ihr Verhalten zu rechtfertigen.

Für eine Weile sagte keine von beiden ein Wort.

Es war Berit, die das Schweigen brach. »Irgendwie hab ich wohl gehofft, es würde immer so weitergehen, mit dieser Lüge zu leben, meine ich. Stattdessen rief mich dieser Arzt an und wollte, dass Enoch sich testen lässt. Erst in dem Moment ist mir aufgegangen, welche Konsequenzen das nach sich ziehen würde.«

»Das musstest du natürlich mit allen Mitteln verhindern«, fasste Leona zusammen.

»So wie du das sagst, hört es sich an, als wäre ich bereit gewesen, dafür sogar über Leichen zu gehen.« Bevor sie mit fester Stimme weitersprach, suchte sie Leonas Blick. »Aber das stimmt nicht. Ich habe Enoch nicht umgebracht. Und ich habe auch keine Ahnung, wer es getan haben könnte.«

Obwohl Leona bewusst war, dass sie sich damit auf gefährlich dünnes Eis begab, beschloss sie Berit zu glauben. Sie wirkte aufrichtig.

»Ich weiß, wie sich das in deinen Ohren anhören muss«, fuhr Berit fort. »Deshalb wollte ich ja auch, dass niemand davon erfährt. Vor allem nicht die Polizei.« Sie sah Leona eindringlich an. »Zumal dieser Boström mich ohnehin schon auf dem Kieker hat. Nicht auszudenken, was passiert, wenn er herausfindet, dass Katharina nicht Enochs leibliche Tochter ist.«

12

Inzwischen hatte der Frühling Einzug gehalten. Und mit ihm Leonas Freundin, die Kriminalkommissarin Jenny Melms, und deren Freund Simon. Leona hatte ihnen angeboten, so lange sie wollten, bei ihr zu wohnen. Jenny, die gerade einen schwierigen Mordfall abgeschlossen hatte, sehnte sich nach ein paar erholsamen Urlaubstagen mit langen Spaziergängen am Strand und dem vertrauten Rauschen des Meeres. Es war schon viel zu lange her, dass sie Salzwasser auf ihrer Haut und Sand unter ihren Fußsohlen gespürt hatte.

Was konnte es Schöneres geben, als barfuß durch die schäumende Gischt zu laufen? Für einen wehmütigen Augenblick lang musste Jenny daran denken, wie unbeschwert das Leben doch sein konnte. Und welche Überraschungen es bereithielt. Auch wenn Freud und Leid oft Hand in Hand miteinander gingen. Sie musste an Henning Lüders denken, den sie unter außergewöhnlichen Umständen kennen und schätzen gelernt und auf tragische Weise verloren hatte. Und an Leona, deren offenes und warmherziges Wesen sie für sich eingenommen hatte. Sie hatten sich schon vor Jahren kennengelernt, als Leona von Dresden nach Chemnitz zur Rechtsmedizin gewechselt war. Allerdings war ihr

Kontakt lange rein beruflicher Natur gewesen. Privat waren sie sich erst durch Henning nähergekommen. Er hatte Jenny seine Hilfe im Fall ihrer verschwundenen Freundin Blanca Büchner, einer Krimiautorin aus dem Vogtland, angeboten. Als sie darauf zurückgekommen war, hatte er sich mit ihr in der Rechtsmedizin verabredet, zu einer von Leona durchgeführten Obduktion, die mit dem Fall in Zusammenhang zu stehen schien. Im Laufe der Ermittlungen hatte sich rasch ein freundschaftliches Verhältnis zwischen den beiden Frauen entwickelt, das nach Hennings Tod an Tiefe gewann. Jenny hatte schon etliche schwere Schicksalsschläge verkraften müssen und stand Leona während dieser Zeit hilfreich zur Seite. Sei es, um miteinander zu reden oder einfach nur um Leona zuzuhören. Weil stundenlange Telefonate jedoch nicht den persönlichen Kontakt ersetzen konnten, war Jenny mittlerweile ein gern gesehener Gast.

Entsprechend herzlich war der Empfang. »Ihr könnt so lange bleiben, wie ihr wollt«, hatte Leona angeboten und dabei keineswegs den Eindruck erweckt, als sei das nur so dahingesagt. Hennings Haus bot genügend Platz.

Sobald festgestanden hatte, dass Jenny und Simon kommen würden, hatte Leona sich ein paar Tage freigenommen. Leider war das Wetter nicht annähernd so freundlich wie ihr Empfang. Es regnete ununterbrochen. Erst zu Beginn der neuen Woche lockerte die

Bewölkung auf. Hin und wieder kam sogar die Sonne zum Vorschein. Der Wetterbericht versprach, dass dieser Trend die nächsten Tage anhalten würde. Gut gelaunt rief Jenny bei ihrem Kollegen Peer Boström an, um sich mit ihm zu einer Fahrradtour zu verabreden. Sie hatten sich während der Ermittlungen im Fall ihrer verschwundenen Freundin kennengelernt. Peer hatte damals maßgeblich zu Blancas Befreiung beigetragen. Jenny würde ihm das nie vergessen. Als er sie vor Kurzem im Fall von Gundula Zwill um Amtshilfe gebeten hatte, hatte sie keinen Moment gezögert, seiner Bitte nachzukommen. Dass ihre Mission nicht den gewünschten Erfolg gehabt hatte, stand auf einem anderen Blatt. Ihre Nachforschungen hatten lediglich bestätigt, was Peer ohnehin schon gewusst hatte. Die Geburt von Gundulas erstem Sohn lag einfach zu lange zurück. Trotzdem hatte Jenny sich mehr davon erhofft. Zumal der Mord an Enoch Zwill ihr Interesse geweckt hatte. Insofern bot sich eine Fahrradtour als willkommene Gelegenheit an, um sich mit Peer darüber auszutauschen. Und sie würde endlich auch seine Freundin kennenlernen. Nun brauchten sie nur noch jemanden für Leona, damit diese sich nicht als fünftes Rad am Wagen fühlte. Doch da es niemanden gab, der dafür infrage käme, blieb ihnen nur, sie so gut es ging in ihre Unternehmungen mit einzubeziehen.

Peer hatte vorgeschlagen, sich am nächsten Morgen vor dem »Octobussi« zu treffen, um von dort aus mit den Rädern über Thiessow bis nach Gager zu fahren. Sie folgten der Straße entlang des Campingplatzes und bogen nach links auf den gepflasterten Radweg Richtung Thiessow ein. An der Spitze fuhr Leona, gefolgt von Peer und Marlies. Jenny und Simon bildeten das Schlusslicht. Ein paar Meter weiter wechselten sie auf den nunmehr asphaltierten Radweg in den unmittelbar hinter den Dünen verlaufenden Strandwald.

Schweigend sog Jenny die von Kiefernnadelduft getränkte Luft in sich auf. Sie hätte ewig so weiterradeln können. Doch da hatten sie schon die ersten Häuser von Thiessow passiert und waren nach links auf die Promenade eingebogen. Hier eröffnete sich ihnen eine beeindruckende Sicht über den Strand in Richtung Göhren. Um ihn in Ruhe genießen zu können, stiegen sie ab und schoben ihre Räder an einer Reihe von Verkaufsständen und Imbissbuden in Richtung Südperd. Dabei kamen sie an »Uhus Bistro« vorbei. Jenny kam der Name bekannt vor und sie überlegte, wo sie ihn schon einmal gehört hatte. Es dauerte eine Weile, bis es ihr wieder einfiel. »Ist das nicht dieser Imbiss, in den eingebrochen wurde?«, vergewisserte sie sich bei Peer.

Ein Nicken bestätigte ihre Vermutung.

»Weiß man schon, wer es gewesen ist?«

Peer schüttelte den Kopf. »Es gab zwar einige Hinweise aus der Bevölkerung, aber die sind alle im Sand verlaufen.«

Bevor sie das Thema vertiefen konnten, wurden sie von Leona unterbrochen. »Verschnaufpause«, verkündete sie und hielt auf eine direkt am Meer gelegene Gaststätte zu. »Hier gibt es die beste Berliner Weiße, die ich je getrunken habe!«

Nachdem sie ihre Räder abgestellt hatten, steuerten sie die windgeschützte Terrasse an, nahmen an einem der Tische Platz und bestellten etwas zu essen. Während sie sich ihre Mahlzeiten schmecken ließen, kam Jenny auf Peers Amtshilfeersuchen zu sprechen. Wenn es nach ihr gegangen wäre, hätte sie das Ergebnis ihrer Ermittlung am liebsten für sich behalten, was natürlich nicht möglich war, weil Peer schon sehnsüchtig auf ihren Bericht wartete. Jetzt mach schon, bring es hinter dich, ermahnte sie sich. Sag, dass du dir den Weg hättest sparen können. Dass deine Nachforschungen nicht das Geringste ergeben haben. Doch dann sah sie die erwartungsvollen Mienen der anderen und brachte es nicht fertig, es auszusprechen. Stattdessen eröffnete sie ihren Bericht mit den Worten: »Es ist nicht gerade viel, was ich in Stollberg herausgefunden habe.« Das entsprach zwar nicht ganz der Wahrheit, kam ihr aber ziemlich nahe. Jenny hatte so gut wie nichts in Erfahrung bringen können, da alle Ärzte und Schwestern, die mit Gundula Zwills Entbindung in Zusammenhang standen, in der Zwischenzeit in Rente gegangen beziehungsweise verstorben waren. »Der Arzt, der Gundula Zwill entbunden hat, hieß Lüders.« Sie fügte hinzu: »Wie Henning. Deshalb hatte ich auch kein Problem, mir den Namen zu merken. Eine der Schwestern, die ich befragt habe, erinnerte sich noch gut an ihn. Wobei ›gut‹ wohl kaum das passende Wort sein dürfte. Sie beschrieb ihn als autoritär und jähzornig.« Jenny zog ein Notizbuch aus ihrer Jackentasche und begann darin zu blättern. »Hier steht, dass er 1963 bei einem Autounfall ums Leben kam.«

»Und was ist mit der Hebamme?«, hakte Leona nach.

»Auf sie wollte ich gerade zu sprechen kommen. Ich hab zwar ihren Namen und ihre Adresse herausfinden können, nur hat mir das nicht viel genutzt. Sie leidet unter Demenz und ist kaum ansprechbar.« Jenny machte eine kurze Pause. »Trotzdem hab ich sie aufgesucht. Sie lebt in einem Pflegeheim. Ich kann nicht einmal sagen, ob sie meine Anwesenheit überhaupt mitbekommen hat. Sie hat weder mit mir gesprochen noch irgendeine Reaktion erkennen lassen. Angesichts ihrer bedauernswerten Verfassung ist das aber auch kein Wunder. Die Schwester versprach zwar, mich zu informieren, falls ihr Zustand sich bessern sollte, doch viel Hoffnung würde ich mir an eurer Stelle nicht machen«, fasste sie zusammen.

»Warst du auch bei der Bestattungsfirma?«, erkundigte sich Leona hoffnungsvoll.

Jenny nickte. »Auch im Krematorium. Beides ohne Erfolg.«

»Tja, da kann man nichts machen«, stellte Peer lakonisch fest. »Ich hatte mir ohnehin nicht viel davon versprochen.«

Leona und Marlies warfen sich bei seinen Worten einen vielsagenden Blick zu. Jenny meinte, darin ein trotziges Aufbegehren zu erkennen, was sie in gewisser Weise sogar verstehen konnte. Henning hätte ihren Bericht wohl kaum mit einer so lapidaren Bemerkung hingenommen wie Peer, sondern wäre der Sache so lange nachgegangen, bis er sie mit einer für sich befriedigenden Lösung abgeschlossen hätte. Sei es auch nur, um einen Verdacht ausschließen zu können. Denn solange das nicht der Fall war, blieb ein loser Faden. Aus Erfahrung wusste Jenny, dass ein solcher Faden den Ermittlungen eine völlig neue Wendung geben konnte. Sie hatte es selbst schon oft genug erlebt. Sie fragte sich, ob sie etwas unberücksichtigt gelassen hatte, nur weil es unwahrscheinlich schien, dass es etwas mit dem Fall zu tun hatte. Falls dem so war, würde das bedeuten, dass sie ihren Job nicht ordentlich erledigt hatte. Plötzlich musste sie an ihre Eltern denken. Daran, was sie ihr von Kindesbeinen an eingebläut hatten: Du musst nicht immer die Beste sein, aber du solltest immer dein Bestes geben. Mehr konnte sie nicht tun. Aber auch nicht weniger. Hatte sie deshalb so ein komisches Gefühl? Weil sie diesmal nicht gut genug gewesen war?

Die allgemeine Stimmung besserte sich erst, als sie nach ihrer Rast einen Abstecher auf den nahe gelegenen Lotsenturm unternahmen. Von dort oben aus bot sich ihnen eine atemberaubende Sicht auf das Mönchgut, Thiessow und die weite, blaue Ostsee. Nach dem Abstieg fuhren sie durch den Ort und weiter an der Surfschule Mönchgut vorbei nach Klein Zicker mit seinem malerischen Steilufer. Sie nahmen auf einer der Bänke Platz, um die wunderschöne Aussicht zu genießen. Leider war es noch zu früh für den Sonnenuntergang, den Leona so liebte. Ein Naturschauspiel, das man sich keinesfalls entgehen lassen sollte, wie Jenny von Marlies bestätigt wurde. Peers Freundin war Jenny auf Anhieb sympathisch gewesen.

Zurück in Thiessow bogen sie wieder in den Küstenwald auf den Radweg nach Lobbe ein. Sie folgten ihm bis zum Abzweig Gager, wo sie die Straße überquerten, um auf den Radweg, der zum Hafen führte überzuwechseln. Dort angekommen schlossen sie ihre Räder ab und folgten der Dorfstraße bis zum Beginn des knapp acht Kilometer langen Rundwanderweges durch die Zicker Berge. Jenny hatte solche Hänge auf Rügen nicht erwartet und war begeistert. In ihrer Euphorie bemerkte sie gar nicht, dass Leona sehr bedrückt wirkte.

13

Der ufernahe Feldweg verlief durch Wiesen und tauchte in einen Laubwald ein, in dem sie eine geradezu himmlische Ruhe umfing. Außer dem Rauschen der Bäume, dem Zwitschern der Vögel und dem Schlagen der Wellen war kein Laut zu hören. Ab und an luden Bänke zum Verweilen ein. Allmählich wurde der Weg beschwerlicher und das Ufer immer steiler. Sie hatten Zicker Höft erreicht, den westlichsten Teil der Halbinsel. Der Weg stieg am Hochufer steil an und gab den Blick auf die offene See frei. Kurz darauf gelangten sie in eine Senke, das sogenannte Nonnenloch. Danach ging es über einen Feldweg wieder bergauf. Oben angelangt, bot sich ihnen eine fast vollständige Rundumsicht. Das Hochufer von Klein Zicker und Thiessow lag zum Greifen nahe. Nach einer kurzen Rast führte sie ein sandiger Feldweg Richtung Groß Zicker, dessen Ortsbild von malerischen alten 3-Seitenhöfen und reetgedeckten Wohnhäusern geprägt war. Doch Leona sah weder die Landschaft noch nahm sie wahr, was die anderen gerade taten, worüber sie sich unterhielten und ihre Späße machten. Ununterbrochen musste sie an Berit Zwill denken. Sollte es wirklich niemanden mehr geben, der ihnen helfen konnte, Licht in das mysteriöse Dunkel zu bringen? Leona konnte und wollte sich damit einfach nicht abfinden. Auch wenn sie wusste, dass sie damit gegen jede Vernunft handelte. Sie hatte das unbestimmte Gefühl, etwas Entscheidendes übersehen zu haben.

Es war nur ein Gefühl, schwer zu fassen. Henning hätte es Intuition genannt. Eine plötzliche Eingebung, dass es da noch mehr gab. Irgendeinen versteckten Hinweis. Etwas, das ihnen trotz aller Sorgfalt entgangen war. Falls dem so war, wovon Leona ausging, je länger sie darüber nachdachte, blieb ihr nur noch einmal ganz von vorn anzufangen. Kaum hatte sich dieser Gedanke in ihrem Kopf eingenistet, begann sie auch schon über seine Umsetzung nachzudenken. Was, wenn es um etwas ganz anderes ging? Etwas, was bislang noch gar nicht auf ihrem Radar aufgetaucht war? Für einen Moment überlegte sie, wie sie Peer unauffällig in ein Gespräch verwickeln konnte. Vielleicht gab es ja noch weitere Spuren, denen die Polizei im Mordfall Zwill nachging. Spuren, die den Fall in eine völlig neue Richtung lenken konnten. Doch dann musste sie an Peers Reaktion auf Jennys Bericht denken und an seine Ermahnung, dass Leona sich aus der Sache raushalten sollte. Wenn er überhaupt zu einem Gespräch bereit wäre, dann nur, um sie an ihr Versprechen zu erinnern. Ein Versprechen, von dem sie wusste, dass sie es nie und nimmer halten würde. Dafür war sie emotional schon viel zu tief in den Fall verstrickt.

Vielleicht sollte sie noch einmal mit Berit reden. Je länger Leona darüber nachdachte, desto besser gefiel ihr die Idee. Hauptsache, sie lief Peer dabei nicht über den Weg. Jenny und Simon wären kein Problem, die beiden würden sich die Zeit auch ohne sie vertreiben. Es reichte, wenn sie ihnen sagte, dass sie sich mit einer Freundin treffen würde.

»Nun warte doch mal!«, wurde sie von Jenny aus ihren Überlegungen gerissen. Inzwischen hatten sie Groß Zicker erreicht. Links vor ihnen lag das zu einem Museum und einer Galerie umfunktionierte Pfarrwitwenhaus.

Leona war so in Gedanken vertieft gewesen, dass sie gar nicht bemerkt hatte, wie sie den anderen vorausgeeilt war.

»Alles in Ordnung mit dir?«, vergewisserte sich Marlies besorgt. »Du wirkst so nachdenklich, als würde dich etwas beschäftigen. Da wollte ich nicht stören. Aber allmählich fange ich an, mir Sorgen zu machen. In den letzten Tagen hast du von nichts anderem als von Jenny geredet und jetzt, wo sie hier ist, sprichst du kaum ein Wort mit ihr. Das muss doch einen Grund haben.«

»Den wüsste ich auch gerne«, schaltete Jenny sich ein.

Beschämt senkte Leona den Kopf, um ihr schlechtes Gewissen zu verbergen. »Ihr habt ja recht. Tut mir leid«, entschuldigte sie sich zerknirscht. »Ich war in Gedanken.«

»Darf man fragen, was dich so sehr beschäftigt, dass du alles andere darüber zu vergessen scheinst?«

Der Blick, mit dem Peer sich danach erkundigte, ließ Leona davon ausgehen, dass er die Antwort bereits kannte. So viel Scharfsinn hatte sie ihm gar nicht zugetraut. Sollte sie ihn etwa unterschätzt haben?

Bevor sie etwas darauf erwidern konnte, setzte Peer noch einen obendrauf: »Ich dachte, wir hätten uns darauf geeinigt, die Ermittlungen der Polizei zu überlassen.«

»Aber sicher doch«, erwiderte Leona knapp. Was hätte sie vor versammelter Mannschaft sonst auch sagen sollen. Innerlich schäumte sie jedoch vor Wut. Wenn Peer glaubte, so einer offenen Konfrontation aus dem Weg gehen zu können, hatte er sich getäuscht. Allerdings war das hier weder der geeignete Ort noch die passende Gelegenheit, ihm das klarzumachen. Während Leona sich zu einem Lächeln zwang, überlegte sie fieberhaft, wie sie Peer auf andere Gedanken bringen konnte. Ein in der Nähe gelegenes Restaurant fiel ihr ins Auge. Für gutes Essen hatte Peer schon immer eine Schwäche. »Es ist gleich sechs«, sagte sie. »Statt hier Wurzeln zu schlagen, sollten wir uns besser nach was Vernünftigem zu essen umsehen.«

Ihr Ablenkungsmanöver schien zu funktionieren. Allerdings blieb Leona kaum Zeit, um sich darüber zu freuen. Jenny und Simon wollten unbedingt in Middelhagen in der Linde einkehren, und wie es aussah, schienen sie mit diesem Wunsch nicht die Einzigen zu sein. Nun hatte Leona wirklich ein Problem. Was, wenn Berit ihnen dort zufällig über den Weg lief? Wie sollte sie ihr erklären, woher sie und Peer sich kannten?

Wie sich im Laufe des Abends zeigen sollte, waren ihre Bedenken unbegründet. Dennoch hatte sie die ganze Geheimniskrämerei derart aufgewühlt, dass sie in der folgenden Nacht lange keinen Schlaf fand.

14

Gleich am nächsten Morgen rief sie Berit an, um sich mit ihr zu verabreden. Jetzt musste sie sich nur noch bei Jenny und Simon abmelden, was kein Problem war, da sie den Tag anderweitig verplant hatten. Sie wollten nach Stralsund ins Meereskundemuseum.

Als Leona kurz darauf bei Berit eintraf, duftete es nach Kaffee. Ihre Nachbarin hatte den Küchentisch liebevoll für ein spätes Frühstück gedeckt. Es war ihr anzusehen, dass sie sich über Leonas Besuch freute. Normalerweise hätte das auf Gegenseitigkeit beruht, heute jedoch verstärkte es Leonas schlechtes Gewissen. Schließlich war sie nicht hier, um Konversation zu betreiben, sondern weil sie sich gezielte Informationen über den Fall erhoffte.

Während Berit ihr Kaffee einschenkte, erkundigte sie sich, ob es schon etwas Neues gäbe. Das war natürlich nicht der Fall, bot ihr aber Gelegenheit, das Gespräch in die gewünschte Richtung zu lenken. Sie hatte lange überlegt, womit sie am besten beginnen sollte, und sich dann für den Abend vor Enochs gewaltsamen Tod entschieden. »Lass uns noch einmal zurückgehen«, hatte sie vorsichtig begonnen. »Kannst du mir sagen, was ihr gemacht habt?«

»Als ich von der Arbeit nach Hause kam«, begann Berit bereitwillig, »war Enoch schon da. Wir haben zusammen gegessen.«

»Weißt du noch, worüber ihr gesprochen habt?«

Ihre Nachbarin überlegte einen Moment lang. »Keine Ahnung.«

»Denk nach«, ermahnte Leona sie. »Alles kann wichtig sein. Selbst die kleinste Kleinigkeit.«

»Meinst du, das weiß ich nicht?«

»Und Enoch?«, begann Leona noch einmal von vorn.

»Was soll mit ihm gewesen sein?«

»Das will ich ja eben von dir wissen. War er anders als sonst? Erzähl mir alles, woran du dich erinnern kannst. Egal, wie gewöhnlich und unbedeutend es dir erscheint.«

Berit ließ sich Zeit mit der Antwort. »Das Essen verlief ganz normal«, erzählte sie schließlich. »Es gab Gemüseauflauf. Enoch hat mit Katharina gescherzt und sich nach der Schule erkundigt.«

»Und danach?«

»Hab ich der Kleinen noch eine Gutenachtgeschichte vorgelesen und bin in den Keller gegangen, um zu bügeln.«

»Und Enoch? Was hat er gemacht?«

»Ferngesehen«, sagte Berit zwischen zwei Schlucken Kaffee. »Aber das hab ich doch alles schon gesagt, als die Polizei da war.«

»Trotzdem möchte ich, dass du es mir noch einmal erzählst.«

»Also gut«, ließ Berit sich breitschlagen. »Als ich hochkam, saß Enoch vor der Glotze und war gerade dabei, sich einen Kognak einzuschenken. Er kam mir irgendwie verstört vor.«

Interessiert beugte Leona sich nach vorn. »Verstört?«

»Na ja, sein Kopf war rot, als hätte er sich über etwas aufgeregt. Erst dachte ich, das käme von dem Film, den er sich angeschaut hat, aber das …«

»Was lief denn?«

»Als ich hochkam, hat er sich gerade das ›Heute Journal‹ angesehen. Keine Ahnung, was er davor geguckt hat.«

Im Stillen überlegte Leona, wie sie sich einen Überblick über das Fernsehprogramm des fraglichen Abends verschaffen konnte. Vielleicht waren die Sendungen noch in der Mediathek gespeichert.

»Ich hab ihn gefragt, ob alles in Ordnung sei«, riss Berit sie aus ihren Gedanken. »Daraufhin hat er mich angebrüllt, ich soll mich gefälligst um meinen eigenen Scheiß kümmern.«

»Kam es öfters vor, dass er sich so seltsam benahm?«

»Aggressiv war er ja schon immer. Aber so …«, sie suchte nach einer passenden Beschreibung, »so verstört hab ich ihn noch nie gesehen. Die Polizei glaubt, dass das mit dem Anruf zusammenhängt.«

»Mit welchem Anruf?«

»Im Zuge der Ermittlungen hat die Polizei alle ein-

und ausgehenden Telefonate überprüft«, eröffnete ihr Berit. »Dabei hat sich herausgestellt, dass Enoch an besagtem Abend um kurz vor zehn mit Siegbert List gesprochen hat.«

»Siegbert List?«, wiederholte Leona, der der Name nicht das Geringste sagte.

»Er und mein Mann waren Schulfreunde. Das hab ich auch der Polizei gesagt. Wahrscheinlich ging es um das Klassentreffen.«

Für einen Moment war Leona irritiert. »Welches Klassentreffen?«

»Es findet übermorgen statt. Enoch war für die Organisation verantwortlich. Das war er schon immer. Er verschickt die Einladungen, kümmert sich um die Gaststätte und …«

»Wo findet dieses Klassentreffen denn statt?«, unterbrach Leona sie.

»In der Linde. Das war schon immer so und wird wohl auch immer so bleiben.« Sie hielt kurz inne. »Oder auch nicht. Jetzt, wo Enoch tot ist.«

»Du sagst, das war schon immer so«, hakte Leona nach. »Wie oft finden diese Klassentreffen denn statt?«

»Alle drei Jahre.«

»So oft?«, wunderte Leona sich.

Berit nickte. »Viele haben hier noch Verwandte und Bekannte.«

»Verstehe«, meinte Leona. »Und dieser … dieser … wie war gleich sein Name?«

»Siegbert?«

»Genau der, mit dem hat Enoch also an dem Abend telefoniert?«

Berit zuckte mit den Schultern. »Das behauptet die Polizei. Ich hab nichts davon mitbekommen. Aber ich war ja auch im Keller.«

»Wäre es denkbar, dass er sich deswegen so aufgeregt hat?«

»Das habe ich mich auch schon gefragt«, erwiderte Berit. »Allerdings wüsste ich nicht, weshalb.«

Leona dachte nach. »Was ist dieser Siegbert denn für einer? Kennst du ihn?«

»Flüchtig. Ich weiß nur, dass er Anwalt ist und in der Nähe von München wohnt.«

Leona brauchte einen Moment, um Berits Worte zu verarbeiten. Diese Information könnte dem Fall eine völlig neue Richtung geben. »Weißt du, in welchem Bereich er tätig ist?«

»Ich glaube, er ist Strafverteidiger.«

Leonas Gedanken überschlugen sich. War es denkbar, dass Enoch ihn in seiner Funktion als Anwalt kontaktiert hatte? Dass sein Anruf gar nichts mit dem Klassentreffen zu tun hatte?

»Was meint denn die Polizei?«, erkundigte sie sich. »Die werden doch sicher Nachforschungen über diesen Siegbert angestellt und ihn zu dem Telefonat befragt haben.«

»Soweit ich weiß, hat man ihn bislang nicht erreichen können. Es hieß, er sei noch bis Dienstag im Urlaub. Und am Donnerstag ist das Klassentreffen …«

In Leonas Kopf nahm ein Plan Gestalt an. »Hast du an dem Abend eigentlich Küchendienst?«, erkundigte sie sich wie beiläufig.

»Nicht nur an dem Abend. Wenn es nach meinem Chef ginge, könnte ich zurzeit rund um die Uhr in der Küche stehen.« Berit seufzte.

»Warum das denn?«

»Weil wir notorisch unterbesetzt sind.«

Leona konnte ihr Glück kaum fassen. »Meinst du, dein Chef würde mich am Donnerstag bei euch kellnern lassen?«

Berit sah sie erstaunt an. »Weshalb …?« Sie verstummte, als wäre ihr der Grund dafür soeben klar geworden. »Du willst zu dem Klassentreffen.« Das war keine Frage, sondern eine Feststellung.

Leona zuckte mit den Schultern. »Es kann nie schaden, sich ein wenig umzuhören.«

Berit nickte anerkennend. »Gar nicht so dumm. Allerdings weiß ich nicht, was die Polizei davon hält, wenn sie herausfindet, dass …«

»Wer sagt denn, dass sie es erfahren muss?«

»Also gut, ich kann ja mal fragen. Aber jetzt lass uns erst mal frühstücken.« Abwesend nahm Berit ein Brötchen zur Hand. Man konnte ihr anmerken, dass sie über Leonas Plan nachdachte. »Sag mal, weshalb machst du das eigentlich?« Der Satz rutschte ihr heraus, bevor sie es verhindern konnte.

»Was?«, erkundigte sich Leona, obwohl sie die Antwort bereits kannte.

»Ich frage mich, weshalb du dich so für mich ins Zeug legst – und woher du wusstest«, schob Berit hinterher, »dass Enoch nicht Katharinas Vater ist.«

Leona, der klar war, dass es ihr dabei vor allem um den zweiten Teil ihrer Frage ging, überlegte fieberhaft, was sie darauf antworten sollte. »Ich bin Ärztin«, begann sie zögerlich. Das entsprach zwar nicht ganz der Wahrheit, war aber auch keine Lüge.

Berits Gedanken überschlugen sich. »Arbeitest du etwa mit diesem Dr. Hausmann zusammen?«, argwöhnte sie.

»Nicht direkt.« Wieder so eine Halbwahrheit. Leona spürte, wie ihr der Schweiß auf die Stirn trat. Ein falsches Wort, und der Schwindel flog auf. »Tut mir leid, dass ich dir das verschwiegen habe.« Sie warf Berit einen um Entschuldigung heischenden Blick zu, dem diese jedoch auswich.

»Das erklärt zwar einiges, aber nicht, woher du das mit Katharina wusstest«, hakte sie nach.

Das war genau die Frage, vor der Leona sich am meisten gefürchtet hatte. Wie sollte sie Berit erklären, woher ihr Wissen stammte? Denk nach, befahl sie sich. Ihr musste etwas einfallen, und zwar schnell. Sonst wäre ihre Glaubwürdigkeit dahin. Schon sah sie aufkeimendes Misstrauen in Berits Augen. Leonas Blick irrte durchs Zimmer und blieb an der Anrichte hängen. Es dauerte einen Moment, bis sie begriff, dass sie soeben die Lösung für ihr Problem gefunden hatte. Und das buchstäblich in letzter Sekunde. Sie atmete heftig aus, als hätte sie die ganze Zeit über die Luft angehalten. Dann deutete sie auf die beiden Fotorahmen, die auf der Anrichte standen und Berits Töchter zeigten: zwei kleine Mädchen, die unterschiedlicher kaum hätten sein können. Das eine zart und blond, das andere rothaarig und von der Krankheit gezeichnet.

»Ich habe es nicht gewusst«, hörte Leona sich wie aus weiter Ferne sagen, »konnte es mir aber anhand der Fotos zusammenreimen. Sie sind mir schon bei meinem ersten Besuch aufgefallen«, log sie, um ihre Glaubwürdigkeit zu unterstreichen. »Ich meine, man muss sich die Bilder doch nur anschauen, um zu erkennen, dass die beiden nie und nimmer von ein und demselben Vater abstammen.« Sie hielt den Atem an. Würde Berit ihr diese Lüge abkaufen? Statt ihre Erklärung infrage zu stellen, schnappte sie nach Luft.

»Das … nun, also, daran hab ich noch gar nicht gedacht. Dass das so offensichtlich ist«, stammelte Berit, die mit einem Mal ganz blass geworden war. »Aber jetzt, wo du es sagst …« Sie stand auf und ging zur Anrichte. »Oh mein Gott«, stöhnte sie plötzlich auf und schlug die Hand vor den Mund. »Ich darf gar nicht daran denken, was Enoch mit mir gemacht hätte, wenn er …«

Sie musste den Satz nicht vollenden. Leona wusste auch so, was sie meinte. Und es verstärkte ihr schlechtes Gewissen. Wie hatte sie Berit nur einen solchen Schreck einjagen können. Und das alles, nur um nicht Farbe bekennen zu müssen.

15

Siegbert List hatte gerade seinen zweiten Espresso bestellt, als sein Handy klingelte. Auf dem Display stand eine ihm unbekannte Nummer. Wie oft hatte er seiner Sekretärin eingeschärft, ihn im Urlaub nicht mit dienstlichen Belangen zu behelligen. Denn da es sich um eine ihm unbekannte Nummer handelte, konnte es nur mit seinem Job als Anwalt zusammenhängen. Verärgert beschloss List, den Anruf zu ignorieren.

Seine Laune besserte sich erst, als er die junge hübsche Bedienung mit seiner Bestellung herannahen sah.

Während der Espresso heiß und stark seine Kehle hinabrann, ließ er seinen Blick genüsslich über den Gardasee schweifen. Eigentlich hatte er nach Neapel fahren wollen, doch dann war er im Internet durch Zufall auf dieses kleine reizende Ferienhaus gestoßen. Es lag in der Nähe von Malcesine. Die Bilder auf der Website hatten ihn dazu bewogen, seine Reisepläne zu ändern. Obwohl er eigentlich nicht der Typ für spontane Entscheidungen war, hatte er es nicht bereut. Die Aussicht von der Terrasse seines Feriendomizils war einfach traumhaft.

Das erneute Klingeln seines Handys riss ihn aus seinen Gedanken. Wieder die ihm unbekannte Nummer. Aus den Augenwinkeln heraus sah er, dass ihn ein älteres Ehepaar vom Nachbartisch aus interessiert beobachtete. Wahrscheinlich um zu sehen, ob er diesmal rangehen würde. Also tat er den beiden den Gefallen. »Hier ist Peer Boström vom Polizeirevier Bergen auf Rügen«, hörte er den Anrufer sagen.

Auf Lists Stirn bildete sich eine steile Unmutsfalte. »Bevor Sie weitersprechen, sollten Sie wissen, dass ich gerade in Italien bin«, versetzte er unterkühlt. »Sie können aber bei meiner Sekretärin anrufen und einen Termin vereinbaren. Ich bin ab …«

»Ich ermittle in einem Mordfall«, wischte Peer seinen Einwand beiseite. »Sagt Ihnen der Name Enoch Zwill etwas?«

Mit dieser Wendung hatte List nicht gerechnet. »Ist Enoch etwa …?«

»Beantworten Sie einfach meine Frage«, unterbrach Peer ihn ungerührt.

Die Blicke des am Nachbartisch sitzenden Ehepaares ignorierend, räusperte sich List. »Natürlich sagt mir der Name etwas. Wir sind zusammen zur Schule gegangen.«

»Wann haben Sie ihn das letzte Mal gesprochen?«

»Das ist … Lassen Sie mich kurz überlegen. Das muss unmittelbar vor meinem Abflug in die Staaten gewesen sein.«

»Wissen Sie noch, wann das war?«

»Das müsste ich in meinem Terminplaner nachsehen. Den hab ich jetzt aber nicht zur Hand.«

»Gut, dann erledigen Sie das so bald wie möglich und geben mir Bescheid.« Peer nannte ihm seine Telefonnummer, die List sich in Ermangelung eines Stückes Papier mit einem Stift auf seiner Serviette notierte.

Ohne große Umschweife erkundigte sich Peer, worum es in dem Gespräch mit Zwill gegangen war.

List schloss die Augen, um seine Gedanken besser ordnen zu können. »Jetzt wo Sie danach fragen, fällt es mir wieder ein. Enoch, er hat mich angerufen. Klang ganz aufgeregt. Erst dachte ich, es geht um das Klassentreffen.«

»Aber darum ging es nicht«, stellte Peer fest.

»Nein. Darum ging es nicht. Enoch wollte sich mit mir treffen. Als er hörte, dass ich am nächsten Tag in die Staaten fliege, schien ihm das gar nicht zu behagen.«

»Hat er auch gesagt, weshalb er sich mit Ihnen treffen will?«

»Das war es ja. Er wollte nicht am Telefon darüber sprechen. Sagte nur, er sei da in eine ziemlich unschöne Sache reingeraten.« Lists letzter Satz glich einem Flüstern. Schließlich mussten die beiden Lauscher am Nachbartisch nicht mitbekommen, worüber er sprach.

»In eine unschöne Sache?«, vergewisserte sich Peer. »Hat er das so gesagt?«

»So oder so ähnlich. An den genauen Wortlaut erinnere ich mich nicht mehr. Als ich Einzelheiten wissen wollte, hat er abgeblockt. Meinte, das könne er mir nur persönlich erzählen. Allerdings hatte ich den Eindruck«, fasste List zusammen, »dass es sich um etwas Ernstes zu handeln schien. Etwas, was ihn zutiefst beunruhigte.«

»Und er hat Ihnen wirklich keine Details genannt?«

List sog scharf die Luft ein. »Fragen Sie ihn doch selbst, wenn Sie mir nicht glauben.«

»Das dürfte schwer werden.«

Lists rechte Augenbraue schoss in die Höhe. »Was soll das heißen?«

»Dass Enoch tot ist, ermordet, um genau zu sein.«

List schluckte hart.

»Verstehen Sie nun, warum ich mich für dieses Telefonat interessiere? Unseren Unterlagen zufolge hat Enoch Sie am Abend vor seinem Tod angerufen. Nun frage ich mich natürlich, ob es da einen Zusammenhang gibt. Also denken Sie bitte noch mal gründlich darüber nach, was er zu Ihnen gesagt hat. Jeder noch so kleine Hinweis kann wichtig sein. Meine Telefonnummer haben Sie.«

16

Wie zu erwarten gewesen war, war Enoch das Gesprächsthema Nummer eins beim Klassentreffen gewesen. Doch etwas wirklich Neues hatte Leona nicht in Erfahrung gebracht. Alles, worauf sie zurückgreifen konnte, waren Fragmente eines Gesprächs, das sie zwischen Siegbert List und Enochs Kompagnon Olrik Bruhns belauscht hatte. Es ging um den von Berit erwähnten Anruf. Leona schloss daraus, dass es Peer gelungen war, List an seinem Urlaubsort zu erreichen. Als Leona ihm Wein nachgeschenkt hatte, hatte sie ihn sagen hören, er sei vor dem Klassentreffen in Bergen auf dem Polizeirevier gewesen, um seine Angaben zu Protokoll zu geben. Nur dass es, wie List betont hatte, eigentlich gar nichts gab, was sich aufzunehmen lohnte. Enoch hatte ihn am Abend vor seiner Ermordung angerufen, weil er sich mit ihm hatte treffen wollen. Über den Grund dafür hatte er sich ausgeschwiegen. Mehr hatte List nicht zu berichten gewusst. Und Leona glaubte auch nicht, dass es da noch mehr gab, zumal sie von Berit wusste, dass auch Enochs Kompagnon von der Polizei befragt worden war. Immerhin war Olrik Bruhns, abgesehen vom Mörder, der Letzte, der ihn lebend gesehen hatte. Die beiden waren an jenem Abend, wie jeden Donnerstag, noch auf ein Bier im »Lobbster« gewesen. Diesmal waren sie jedoch kürzer als sonst geblieben. Enoch war schon den ganzen Tag über schweigsam und in sich gekehrt gewesen, als würde er etwas ausbrüten. Außerdem hatte er an besagtem Abend mehr als gewöhnlich getrunken. Bruhns war das seltsam vorgekommen, weshalb er Enoch darauf angesprochen hatte. Doch dieser war ihm eine Antwort schuldig geblieben und hatte sich stattdessen noch ein Bier bestellt, das er, nachdem es ihm gebracht worden war, in einem Zug geleert hatte. Bruhns Angaben waren vom Wirt bestätigt worden. Er konnte sich noch genau daran erinnern, dass Enoch mehr als gewöhnlich getrunken und einen angespannten Eindruck gemacht hatte. Allerdings hatte an besagtem Abend ziemlich viel Betrieb im »Lobbster« geherrscht, sodass sie kaum ein Wort miteinander gewechselt hatten.

Wie aus den von Leona belauschten Gesprächen hervorging, konnte sich auch der Rest der Klasse keinen Reim auf Enochs Verhalten machen. Was blieb, waren Spekulationen. Nur dass die ihr im Moment nicht weiterhalfen.

Alles, was ihr der Kellnerjob eingebracht hatte, waren schmerzende Füße. Wieder zu Hause beschloss sie, einen Blick auf das Fernsehprogramm vom Abend vor Enochs Tod zu werfen. Das hatte sie schon längst tun wollen. Beim Anblick des Zeitungsstapels, den sie dafür durchsehen musste, stieß sie einen Seufzer aus. Das konnte dauern. Doch an Schlaf war ohnehin nicht zu denken. Das Ganze ließ ihr keine Ruhe. Etwas Wichtiges war an jenem Mittwochabend geschehen, davon war sie überzeugt. Nur was? Endlich hielt sie die gesuchte Zeitschrift in den Händen.

Jetzt musste sie nur noch das Programm für den infrage kommenden Tag aufschlagen.

Berit hatte das »Heute Journal« erwähnt. Davor lief »Aktenzeichen XY«. Leona spürte, wie ihr Pulsschlag sich beschleunigte. Mit einem Mal war sie hellwach. Was, wenn einer der in »Aktenzeichen XY« ausgestrahlten Beiträge Enochs Aufmerksamkeit erregt hatte? Konnte es sein, dass er sich deshalb so seltsam verhalten hatte? Obwohl Leona wusste, wie gering die Wahrscheinlichkeit war, ließ sie der Gedanke nicht mehr los. Es gab nur einen Weg, um sich Klarheit darüber zu verschaffen. Während sie nach nebenan in ihr Arbeitszimmer ging, um ihren Laptop hochzufahren, schickte sie ein Stoßgebet gen Himmel: Lass die Sendung noch in der Mediathek sein.

Wie sich zeigen sollte, war sie tatsächlich noch abrufbar. Allerdings nicht über die Mediathek, sondern über xywiki. Erwartungsvoll startete Leona den Beitrag. Doch bald schon stellte sie ernüchtert fest, dass es keinen Grund zur Euphorie gab. Der erste Bericht handelte von einem Bankraub in Zürich. Die beiden bewaffneten Täter wurden als höchstens 25 Jahre alte

Männer beschrieben. Auch beim zweiten Fall, in dem es um das plötzliche Verschwinden einer zweifachen Mutter aus dem Rheinland ging, gab es keinerlei Hinweise, dass Enoch etwas damit zu tun haben könnte. Je mehr Zeit verstrich, umso mutloser wurde Leona. In ihrem Inneren stritten Hoffnung und Ernüchterung miteinander. Es konnte doch nicht sein, dass jede Spur in einer Sackgasse endete. »Kommen wir nun zum letzten Fall des heutigen Abends«, riss die Stimme des Moderators Leona aus ihren Gedanken. Nur noch ein einziger Beitrag. Dann war die Sendung vorbei. Die Polizei suchte nach zwei Männern, die in einen Imbissstand eingedrungen waren. Um sich Zutritt zu verschaffen, hatten sie eine Fensterscheibe eingeschlagen. Dabei waren sie so dilettantisch vorgegangen, dass sich einer der Täter eine Schnittverletzung zugezogen hatte. Und das alles nur wegen ein paar Flaschen Schnaps. Während Leona sich fragte, wieso sich »XY« mit einem solchen Bagatelldelikt befasste, wurden Zeitpunkt und Ort der Straftat eingeblendet. Mit einem Schlag war sie hellwach.

17

Der Beitrag in »Aktenzeichen XY« hatte dazu geführt, dass Leona sich für den Rest der Nacht in wilden Spekulationen ergangen war. Spätestens als draußen bereits der neue Tag dämmerte, war ihr klar geworden, dass sie unbedingt noch einmal mit Berit reden musste. Danach wäre es höchste Zeit, Peer endlich reinen Wein einzuschenken. Wenn ihre Vermutung zutraf, war Enoch in ein Verbrechen involviert. Je länger sie darüber nachdachte, umso wahrscheinlicher erschien es ihr. Das würde nicht nur Enochs Verhalten erklären, sondern ließ auch das Telefongespräch, das er mit Siegbert List geführt hatte, in einem völlig neuen Licht erscheinen.

Leona hatte Mühe, ihre Ungeduld im Zaum zu halten. Sie konnte es kaum erwarten, bis der Dorfladen öffnete, damit sie sich unter dem Vorwand, frische Brötchen zu holen, aus dem Haus stehlen konnte. Bevor sie aufbrach, hinterließ sie eine kurze Nachricht für Jenny. »Bin beim Bäcker«, stand auf einem Zettel zu lesen, den sie gegen die auf dem Küchentisch stehende Obstschale lehnte.

Draußen schlug ihr feuchte Luft entgegen. Die Temperatur war deutlich gesunken. Nebelschwaden vor sich hertreibend, wehte vom Meer her ein kühler und stürmischer Wind übers Land. Es herrschte schlechte Sicht.

Wie nicht anders zu erwarten, zeigte sich Berit erstaunt über den frühen Besuch. »Komm doch rein, wir frühstücken gerade.« Sie schielte auf ihre Armbanduhr. »Katharina muss gleich zur Schule.«

Leona ließ sie wissen, dass sie unbedingt mit ihr reden müsse. »Möglichst unter vier Augen.«

Berits anfängliches Erstaunen wich Besorgnis. »Ist etwas passiert?«

Schnell fügte sie hinzu: »In zehn Minuten geht Kathis Bus.« Sie wies auf eine am Ende des Flurs gelegene Tür. »Du kannst so lange im Wohnzimmer warten«, bot sie Leona an.

Die Geräusche, die vom Flur her an ihr Ohr drangen, ließen darauf schließen, dass Katharina gleich das Haus verlassen würde. Leona nutzte die Zeit, um sich umzusehen. Der Raum war in dezentes Licht getaucht. Leonas Augen brauchten einen Moment, um sich daran zu gewöhnen. Neben einer locker um einen runden Couchtisch gruppierten Sofagarnitur stand eine Schrankwand aus Nussbaum, die von einem überdimensionalen Flachbildfernseher dominiert wurde. Wäre es draußen nicht so diesig gewesen, hätte man durch das danebenliegende Fenster einen Blick auf das Feld erhaschen können, das hinter dem Grundstück lag.

Eine Fensterfront erstreckte sich über die gesamte

Zimmerbreite und ließ den Raum größer erscheinen, als er war. Leona schätzte ihn auf höchstens vier Mal vier Meter. Kein Wunder, dass sich der Großteil des Familienlebens in der Küche abspielte. An der Wand, über einer mit weinrotem Plüsch bezogenen Couch, entdeckte Leona mehrere gerahmte Fotos. Bevor sie sie in Augenschein nehmen konnte, tauchte Berit in der Tür auf.

»Was ist los?«, sprudelte es aus ihr heraus.

»Keine Sorge, es ist nichts passiert«, versuchte Leona sie zu beruhigen. »Ich würde dich nur gerne etwas fragen.«

»Und ich dachte schon sonst was.« Erleichtert wies Berit auf einen der beiden Sessel. »Nimm doch Platz.«

»Wie lange kanntest du Enoch eigentlich?«, erkundigte Leona sich, während sie sich setzte.

»Wie jetzt? Ich meine, du willst mir doch nicht allen Ernstes weismachen, du hättest dich so zeitig auf den Weg zu mir gemacht, nur um mich das zu fragen?« Berit, die ihr gegenüber auf der Couch Platz genommen hatte, musterte sie eingehend. »Warum sagst du mir nicht, worum es dir in Wahrheit geht?«

»Das werde ich, versprochen. Aber erst bitte ich dich, mir zu antworten.« Trotz der Anspannung, unter der Leona stand, schaffte sie es, ihr ein unbefangenes Lächeln zu schenken.

»Lass mich kurz nachrechnen.« Berit schloss die Augen. »Das dürften an die 26 Jahre sein.«

In Gedanken überschlug Leona, dass Enoch damals 23 Jahre alt gewesen sein musste. »Verrätst du mir, wie ihr euch kennengelernt habt?«

Für einen flüchtigen Moment lang verklärte sich Berits Blick. »Beim Tanzen. Enoch war damals ganz in der Nähe meines Heimatdorfes stationiert.«

»Stationiert?«, hakte Leona nach, die Mühe hatte, ihre flatternden Hände unter Kontrolle zu halten.

»Na, er war bei der Armee. Er hat seinen Grundwehrdienst abgeleistet.«

»Weißt du zufällig, ob er in dieser Zeit, genauer gesagt 1988«, konkretisierte Leona, »in München war?« Während sie der Antwort mit angehaltenem Atem entgegenfieberte, verschlang sie ihre im Schoß ruhenden Hände so fest ineinander, dass die Fingerknöchel weiß hervortraten.

Ihre Frage belustigte Berit. »Wie soll er denn da hingekommen sein? Etwa in einem Heißluftballon? Die Grenze ist doch erst 89 gefallen«, rief sie ihr in Erinnerung.

Der Mauerfall, schoss es Leona siedend heiß durch den Kopf. Wie hatte sie ihn außer Acht lassen können. »Stimmt natürlich«, pflichtete sie ihr bei. »Es sei denn …«

»Es sei denn, was?«

Leona, die im Tal der Ahnungslosen, wie man die Dresdner Gegend zu DDR-Zeiten hinter vorgehaltener Hand genannt hatte, aufgewachsen war, zuckte ratlos mit den Schultern. »Mir ist schon klar, dass man damals nicht so einfach in den Westen konnte.«

»Nicht so einfach ist gut«, meinte Berit. »Da hätte schon ein triftiger Grund vorliegen müssen. So wie bei der Mutter meiner Freundin.«

»Wieso, was war denn mit ihr?«, erkundigte Leona sich hoffnungsvoll.

»Ihre Mutter hat in Westberlin gelebt. Als sie Anfang der 80er verstarb, hat meine Freundin einen Antrag gestellt, um zu ihrer Beerdigung fahren zu können.«

»Bekam sie die Erlaubnis?«

Berit musterte sie argwöhnisch. »Sag mal, worauf willst du eigentlich hinaus?«

Leonas Gedanken überschlugen sich. »Weißt du zufällig, ob es in Enochs damaligem Bekanntenkreis jemanden gab, der 1988 aufgrund einer solchen Genehmigung in München gewesen sein könnte?«, insistierte sie.

»Du stellst vielleicht Fragen!«

Während Berit darüber nachdachte, schloss Leona für einen Moment die Augen und atmete tief durch. In ihrem Kopf herrschte ein heilloses Chaos, was es ihr unmöglich machte, einen klaren Gedanken zu fassen. Was konnte sie tun? Besser noch, was tat sie hier überhaupt? Einem Hirngespinst hinterherjagen? Oder schlimmer noch, die Arbeit der Polizei behindern? Das war es doch, was Peer ihr vorwarf. Sie musste endlich mit ihm sprechen. Ihm sagen, was sie herausgefunden hatte. Allein die Vorstellung, wie er darauf reagieren würde, ließ ihr Herz schneller schlagen. Was sie brauchte, waren Fakten statt wilder Vermutungen. Doch woher nehmen? Woher nur? Sie schielte zu Berit hinüber, die immer noch über ihre Frage nachzudenken schien. Dabei streifte ihr Blick zufällig die über dem Sofa hängenden Bilder. Eines davon zeigte Enoch und Berit als Brautpaar. Irgendetwas daran erregte ihre Aufmerksamkeit und veranlasste sie genauer hinzusehen. Mit einem Mal weiteten sich Leonas Augen. Konnte es sein, dass …? Die plötzliche Erkenntnis traf sie völlig unvorbereitet und verschlug ihr für einen Moment die Sprache. »Der Mann da auf dem Foto …«, stieß sie atemlos hervor.

»… ist Enoch«, sagte Berit, die ihrem Blick gefolgt war und allmählich gar nichts mehr begriff. »Sag mal, worauf willst du eigentlich hinaus?«

Statt einer Antwort schnellte Leona aus ihrem Sessel empor, um sich das Foto aus nächster Nähe anzusehen. Als sich ihr Verdacht bestätigte, wurde ihr bewusst, dass sie Enoch zu Lebzeiten weder gekannt hatte noch wusste, wie er ausgesehen hatte. Kein Wunder, dass sie ihn immer nur mit der verkohlten Leiche in Verbindung gebracht hatte, die auf ihrem Tisch gelandet war.

»Darf ich mir die Aufnahme für ein paar Tage ausleihen?«, sprudelte es aus ihr hervor.

Berit musterte sie mit zusammengekniffenen Augenbrauen. »Aber nur, wenn du mir sagst, was das alles zu bedeuten hat. Ich meine, du kommst hier in aller Herrgottsfrühe hereingeschneit, bombardierst mich mit Fragen und jetzt willst du auch noch, dass ich dir unser Hochzeitsfoto ausleihe! Du musst zugeben, das ist mehr als seltsam.«

»Ich gebe dir recht«, räumte Leona ein. »Trotzdem möchte ich dich bitten, dich noch etwas zu gedulden. Du bekommst deine Erklärung. Versprochen. Aber erst muss ich mich davon überzeugen, dass es kein Quatsch ist, was ich mir zusammengereimt habe. Vertrau mir bitte.« Obwohl Berit anzusehen war, dass diese Erklärung sie nicht zufriedenstellte, nahm sie das Bild von der Wand und reichte es Leona, die es plötzlich eilig hatte.

18

Leona war fast zu Hause, als ihr einfiel, dass sie die Brötchen vergessen hatte. Wie ärgerlich! Jetzt musste sie den ganzen Weg noch mal zurückgehen.

Widerstrebend lief sie zum Dorfladen, wo sie an diesem nebelgrauen Freitagmorgen die einzige Kundin war.

Bei ihrer Rückkehr traf sie im Flur auf Jenny, die aussah, als wäre sie gerade erst aufgestanden. »Wo kommst du denn her?«

»Brötchen holen«, sagte Leona und wies mit unschuldiger Miene auf den Beutel in ihrer Hand. Sie hatte zwar vollstes Vertrauen zu Jenny, aber im Moment stand ihr einfach nicht der Sinn nach irgendwelchen Erklärungen. Und die hätte ihre Freundin mit Sicherheit verlangt, wenn sie gewusst hätte, wo sie noch gewesen war.

»Hier.« Sie überreichte Jenny die Tüte mit den Brötchen. »Bist du so lieb und schmeißt schon mal die Kaffeemaschine an? Ich muss kurz telefonieren.«

Auf dem Weg in ihr Arbeitszimmer kam Leona an einem mannshohen Spiegel vorbei, den sie nach Hennings Tod in den Flur gehängt hatte. Was sie sah, war wenig schmeichelhaft. Ihr rötliches Haar stand wirr vom Kopf ab, und die feinen Fältchen in den Augenwinkeln schienen über Nacht an Kontur gewonnen zu haben. Mit einem resignierten Seufzer wandte sie sich ab und eilte in ihr Arbeitszimmer.

Laurenz Hausmann nahm nach dem dritten Läuten ab. »Wir müssen uns treffen«, kam Leona sogleich auf den Grund ihres Anrufs zu sprechen. »Wenn möglich noch heute.« Sie klang gehetzt.

»Worum geht es denn?«, fragte Hausmann alarmiert.

»Darüber möchte ich lieber nicht am Telefon reden.«

Es war lange still. Leona hörte seinen schweren Atem, hörte ihn im Zimmer umhergehen. »Wenn es wirklich so dringend ist …«

»Ist es.« Ihr Tonfall ließ keinen Zweifel daran.

»Also gut«, erwiderte Hausmann knapp. »Wo wollen wir uns treffen?«

Leona dachte kurz nach. »Wie wäre es mit Stralsund?« Während sie ihm den Namen eines Restaurants nannte, das in Hafennähe lag, klingelte es an der Haustür.

»Ich geh schon«, rief Jenny von der Küche aus.

Damit verschaffte sie Leona die nötige Zeit, ihr Telefonat in Ruhe zu beenden und das Bild von Berit in ihrer Schreibtischschublade zu verstauen. Auf dem Weg in die Küche wäre sie fast mit Peer zusammengestoßen.

»Was hast du dir bloß dabei gedacht?«, machte er seiner Verärgerung statt einer Begrüßung Luft.

Augenblicklich bekam Leona ein schlechtes Gewissen. Nachdem, was in letzter Zeit passiert war, konnte sich seine Frage auf alles Mögliche beziehen. »Ich wünsch dir auch einen guten Morgen«, beeilte sie sich, ihm den Wind aus den Segeln zu nehmen.

»Willst du nicht reinkommen?«, fragte Jenny ironisch, die Zeuge der Szene geworden war. »Es gibt Kaffee und frische Brötchen.« Die Art und Weise, wie sie das sagte und ihn dabei vor sich her schob, zeigte Peer, dass er besser daran tat, ihrer Aufforderung nachzukommen.

In der Küche wurden sie bereits von Simon erwartet. »Hallo, Peer. Was verschafft uns die frühe Ehre?«

»Das wird er uns sicher gleich erzählen«, enthob Jenny ihn einer Antwort. »Lasst uns zuvor erst mal frühstücken. Nehmt schon mal Platz. Ich bin gleich so weit.« Während Leona und Peer sich zu Simon auf die Eckbank gesellten, holte Jenny, die sich hier schon ganz wie zu Hause fühlte, ein zusätzliches Gedeck aus dem Schrank.

Wie Jenny gehofft hatte, sorgten der Anblick der frischen Brötchen und der durch den Raum schwebende Kaffeeduft dafür, Peer zu besänftigen. Alle langten kräftig zu und schwiegen kauend.

Doch irgendwann war Peers Appetit gestillt, und er kam auf den Grund für seinen unangekündigten Besuch zu sprechen. »Stimmt es, dass du gestern Abend in der Linde gekellnert hast?«, wollte er wissen.

Daher also weht der Wind, dachte Leona. »Und wenn schon?« Sie verschränkte die Arme vor der Brust. »Wird ja wohl nicht verboten sein, oder?« Ihre Augen funkelten angriffslustig.

»Das nicht. Allerdings schlägt man sich in deinem Alter auch nicht ohne triftigen Grund die halbe Nacht um die Ohren.«

»Was soll das heißen, in meinem Alter?«, brauste Leona auf.

»Lenk nicht ab. Du weißt genau, was ich meine«, sagte Peer schroff. »Gib schon zu, dass du den Job nur angenommen hast, um bei dem Klassentreffen dabei sein zu können. Anscheinend kannst du es nicht lassen, deine Nase in Dinge zu stecken, die dich nicht das Geringste angehen.« Er hatte sich in Rage geredet. Sein Gesicht war rot vor Zorn.

»Jetzt mach aber mal halblang«, empörte Leona sich.

»Kann mir mal einer sagen, worum es geht?«, mischte sich Jenny ein. »Von welchem Klassentreffen redet ihr?«

»Es geht um Enoch Zwills ehemalige Mitschüler. Sie haben sich gestern Abend in der Linde getroffen und wurden von Leona bedient. Rein zufällig natürlich.« Peers Stimme triefte vor Sarkasmus.

»Statt mich zu verurteilen, solltest du dich lieber fragen, warum ich das alles mache«, konterte Leona gekränkt.

»Das wüsste ich allerdings auch gerne«, warf Jenny ein.

Leona nahm all ihren Mut zusammen. »Ich tue es für Berit. Einer muss sich ja für sie einsetzen und dafür sorgen, dass die Wahrheit ans Licht kommt«, entgegnete sie. »Und weil mit dir«, sie wandte sich an Peer, »in dem Fall ja kaum zu rechnen ist, hab ich beschlossen, die Sache auf meine Weise zu regeln.«

»Das sind aber harte Worte«, wandte Jenny vorsichtig ein, während Peer nach Luft schnappte.

»Aber sie treffen den Kern«, gab Leona ungerührt zurück. »Sind wir doch mal ehrlich: Wenn es nach Peer ginge, säße Berit längst hinter Schloss und Riegel.«

»Wieso das denn?«, wunderte Jenny sich.

»Das solltest du besser Peer fragen.«

»Pass bloß auf, was du sagst«, giftete der zurück.

Doch Leona dachte nicht daran. »Ist doch wahr«, beharrte sie trotzig. »Was hast du denn schon unternommen, um Berits Unschuld zu beweisen? Denk bloß mal an das Tagebuch. Und was ich mir deswegen von dir anhören musste. Dabei …«

»Das Tagebuch«, schnaubte Peer. »Natürlich! Wie konnte ich das nur vergessen!« Er hob die Hand, um sie sich in einer theatralischen Geste gegen die Stirn zu schlagen.

»Mir scheint, du bist nicht nur unbelehrbar, sondern auch ignorant.«

Leonas Augen verengten sich zu schmalen Schlitzen. »Was soll das heißen?«

»Dass das Tagebuch ein Rohrkrepierer war. Du

hast doch gehört, was Jenny in Stollberg in Erfahrung gebracht hat: Es gibt niemanden mehr, der uns weiterhelfen könnte.«

»Das mag zwar stimmen, ist aber noch lange kein Beweis dafür, dass Enochs Bruder auch wirklich tot ist«, hielt Leona dagegen.

»Was willst du damit sagen?«

»Dass ich ihn möglicherweise aufgespürt habe beziehungsweise er mich. Ich bin mir sogar ziemlich sicher, dass er es ist«, präzisierte sie.

Peer starrte sie mit offenem Mund an. »Da bin ich jetzt aber mal gespannt.«

»Ich auch«, gab Jenny unumwunden zu.

»Er heißt Hausmann, Laurenz Hausmann und ist Humangenetiker«, verkündete Leona nicht ohne Stolz. Das musste Peer erst mal verarbeiten. Auch Jenny und Simon hatten Mühe, sich ihre Verwunderung nicht anmerken zu lassen.

»Aber wie …? Ich meine, woher …?«, stammelte Peer.

»Durch Zufall. Er rief mich vor Kurzem an.«

»Ach, er hat dich also einfach so angerufen und dir erzählt, er sei Enochs tot geglaubter Bruder?« Peers Überraschung drohte in Ironie umzuschlagen.

»Natürlich nicht. Dass er Enochs Bruder sein könnte, habe ich erst heute Morgen herausgefunden.«

»Heute Morgen?« Jenny sah erstaunt auf ihre Armbanduhr. »Es ist noch nicht mal neun.«

»Ich weiß, wie spät es ist.« Leona stand auf. »Vielleicht sollte ich euch zeigen, was ich meine.« Sie ging ins Arbeitszimmer, um kurz darauf mit dem Hochzeitsbild der Zwills zurückzukommen.

»Das hier ist Enoch«, begann sie, während die anderen sich interessiert über das Bild beugten.

»Ja und?«, kam es unisono von Peer und Jenny.

»Wenn ihr Laurenz Hausmann kennen würdet, würdet ihr diese Frage nicht stellen. Er sieht nämlich genauso aus. Zumindest kann ich mir gut vorstellen, dass er vor über 20 Jahren so ausgesehen hat«, schränkte sie ein. »Nur dass mir das erst heute Morgen klar geworden ist. Als ich das Bild in Berits Wohnzimmer hängen sah. Ich …«

»Soll das heißen, du bist heute früh bei Berit Zwill gewesen?«, zischte Peer gefährlich leise. Es war ihm anzusehen, dass er kurz davor stand, die Beherrschung zu verlieren.

Dessen ungeachtet verschränkte Leona trotzig die Arme. Ihr »Allerdings« quittierte Peer mit einem unschönen Fluch.

»Vielleicht verstehst du mich jetzt«, meinte sie an Jenny gewandt. »Peer kann einfach nicht akzeptieren, dass ich eine erwachsene Frau bin. Er behandelt mich wie ein kleines Kind. Aber das werde ich mir nicht länger gefallen lassen.« Es kostete Leona all ihren Mut, das auszusprechen. Gleichzeitig merkte sie, wie gut es tat. Sollte Peer doch denken, was er wollte. Sie hatte nicht vor, sich noch länger von ihm vorschreiben zu lassen, was sie zu tun hatte. »Du solltest mir lieber dankbar für das sein, was ich herausgefunden habe«, erwiderte sie angriffslustig.

»Dankbar?«, entgegnete Peer fassungslos. »Wofür? Etwa dafür, dass du anhand eines uralten Fotos eine gewisse Ähnlichkeit zwischen diesem, diesem …«

»Laurenz Hausmann«, half Leona ihm auf die Sprünge.

»… und Enoch Zwill festgestellt haben willst? Dass ich nicht lache!«

»Es ist nicht nur die Ähnlichkeit«, beharrte Leona.

»Sondern?«

»Es gibt noch mehr Gemeinsamkeiten. Laurenz und Enoch leiden beziehungsweise litten an einem äußerst seltenen Gendefekt. Genauer gesagt an Neurofibromatose. Enoch hat den Defekt an Amrei vererbt. Während die Krankheit bei ihm harmlos verlief, führte sie bei Amrei dazu, dass sich in ihrem Kopf ein bösartiger Tumor gebildet hat, an dem sie letztendlich gestorben ist. Genauso erging es Hausmann mit seiner Tochter. Auch sie starb an einem Tumor, wohingegen die Krankheit sich bei ihrem Vater nur in Form von harmlosen Fibromen und Kaffeeflecken auf der Haut zeigt.«

Für einen Moment war es ganz still. »Woher weißt du das alles?«, erkundigte sich Peer mit brüchiger Stimme. »Und warum erfahre ich das erst jetzt?«

»Zum einen, weil der Verdacht noch viel zu vage ist, um damit hausieren zu gehen. Ich wollte zuerst noch mit Laurenz Hausmann darüber reden«, erklärte Leona.

»Und zum anderen?«, hakte Peer nach, als sie keine Anstalten machte, weiterzusprechen.

»Weil du mir sowieso nicht geglaubt hättest«, fuhr sie ihn an. »Weil du alles, was ich zu diesem Fall beisteuere, infrage stellst und mir Steine in den Weg legst, wo immer es nur geht. Oder glaubst du, ich merke nicht, wie ungehalten du jedes Mal reagierst, wenn ich die Sprache auf das Thema bringe?«

Betroffen senkte Peer den Blick und starrte auf den Küchentisch. Leonas Worte hatten ihm einen schmerzhaften Stich versetzt. Nach außen hin wirkte er untätig, doch in seinem Kopf überschlugen sich die Gedanken. Es war ihm anzusehen, dass er die neuen Informationen mit seinen bisherigen Erkenntnissen in Einklang zu bringen versuchte. Und dass dieser Versuch zu fruchten schien.

»Will noch jemand Kaffee?« Jennys Frage holte Peer in die Gegenwart zurück und machte ihm seine wie unter einer schweren Last nach vorn gebeugte Haltung bewusst.

Als ihre Blicke sich begegneten, ging ein Ruck durch seine zusammengesunkene Gestalt. »Für mich nicht.« Er hörte sich heiser an. »Du behauptest also«, lenkte er an Leona gewandt ein, »dieser Genforscher sei Enochs

Bruder. Und du stützt dich dabei auf die Ähnlichkeit zwischen den beiden Männern.«

»Und darauf, dass die Töchter der beiden an einem seltenen Gendefekt starben«, ergänzte Leona.

»Okay.« Peer war anzumerken, dass ihn das nicht zufriedenstellte. Er schloss die Augen, um besser nachdenken zu können. »Soviel ich weiß, hat Enoch noch eine zweite Tochter«, überlegte er laut.

»Ja und?« Leona verstand nicht gleich.

»Ich frage mich gerade, ob sie nicht auch an dieser Krankheit leiden müsste?«

»Nicht zwangsläufig«, meinte Leona mit in die Ferne gerichtetem Blick. »Außerdem ist sie nicht Enochs leibliche Toch…«, sie stockte mitten im Satz. Die Worte waren ihr einfach so herausgerutscht. Erschrocken schlug sie die Hand vor den Mund.

»Sag das noch mal«, verlangte Peer.

»Du hast richtig gehört.« Leona bemühte sich darum, ihrer Stimme einen festen Klang zu verleihen. »Bevor du mich deswegen runderneuerst«, fuhr sie fort, »solltest du wissen, dass ich nur deshalb nichts gesagt habe, weil ich wusste, wie du darauf reagieren würdest.« Peer öffnete den Mund, um etwas zu erwidern. Doch Leona gab ihm zu verstehen, dass sie noch nicht fertig war. »Für dich war Berit doch von Anfang an die Hauptverdächtige. Wenn ich es dir erzählt hätte, hätte dich das doch nur in deinem Glauben bestärkt, weil du es für ein Motiv gehalten hättest.«

Mit hochrotem Gesicht sprang Peer auf. »So ein Blödsinn!« Er presste die Hände auf die Ohren. »Das kann man ja nicht mit anhören. Weißt du überhaupt, was du getan hast? Du hast die Ermittlungen in einem Mordfall behindert! Das steht unter Strafe! Ich könnte dich deswegen belangen!« Seine Stimme überschlug sich.

»Dann tu es doch. Tu, was du nicht lassen kannst«, parierte Leona mit aschfahlem Gesicht. »Hauptsache, du sorgst dafür, dass Enochs Mörder endlich hinter Schloss und Riegel landet.«

Das war eindeutig zu viel gewesen. Ohne ein weiteres Wort drehte Peer sich um und verließ fluchtartig die Küche. Sekunden später flog die Haustür mit einem lauten Knall ins Schloss.

Während Leona sich nach seinem Abgang erschöpft in ihren Stuhl zurücksinken ließ und ihr Gesicht in den Händen vergrub, sahen Jenny und Simon sich betroffen an. So hatten sie sich ihren Urlaub nicht vorgestellt.

»Tut mir leid«, entschuldigte sich Leona, die ihre Gedanken erraten zu haben schien.

»Ich kann deine Beweggründe zwar nachvollziehen«, wandte Jenny vorsichtig ein, »aber ich kann auch Peer verstehen. Du hättest ihm sagen müssen, was du herausgefunden hast.«

»Dem sturen Hund«, konnte Leona sich nicht verkneifen. »Du siehst doch, was dabei herauskommt. Ich könnte mich jetzt noch für mein loses Mundwerk ohrfeigen.«

»Ich fürchte, in puncto Sturheit nehmt ihr beide euch nicht viel«, meinte Jenny. »Deshalb rauscht ihr auch ständig zusammen. Du, weil du dich nicht gängeln lassen willst, und Peer, weil er sich um dich sorgt.« Jenny holte tief Luft, bevor sie hinzufügte: »Das kann ich ihm nach der Sache mit Henning auch nicht verdenken.«

Leona öffnete den Mund, um dagegen zu protestieren. Doch Jenny brachte sie mit einer energischen Handbewegung zum Schweigen. »Komm erst mal wieder runter. Solange du so aufgebracht bist, hat es keinen Sinn, darüber zu diskutieren. Verrat mir lieber, wie du dahintergekommen bist.«

»Hinter was?«

Jenny beugte sich nach vorn. »Berits Geheimnis«, flüsterte sie verschwörerisch. »Dass Katharina nicht Enochs Tochter ist. Ich kann mir nicht vorstellen, dass sie einfach so damit rausgerückt ist.«

Augenblicklich meldete sich Leonas schlechtes Gewissen. »Das ist eine lange Geschichte«, meinte sie ausweichend.

»Na, dann schieß mal los«, ermunterte Jenny sie zum Weiterreden. »Ich liebe lange Geschichten.«

Leona sah verstohlen auf ihre Armbanduhr. Ihr blieb noch genügend Zeit, um pünktlich zu ihrer Verabredung mit Hausmann zu erscheinen. Anscheinend war heute der Tag der großen Beichten und Enthüllungen.

19

Während Leona sich anschickte, Jenny und Simon von Laurenz Hausmann zu erzählen, klingelte Peer nur wenige Meter entfernt an Berit Zwills Haustür. Er war noch immer auf 180. Wie hatte Leona ihm das nur antun können? Wie hatte sie ihn nur derart hintergehen können! Ein ziehender Schmerz in seiner Brust rief ihn zur Räson. Es bringt niemandem etwas, wenn du jetzt und hier einen Herzinfarkt bekommst. Also reiß dich zusammen, ermahnte er sich.

Kurz darauf stand er Berit Zwill gegenüber.

In ihren Augen spiegelte sich Verwunderung, die angesichts von Peers grimmiger Miene in Furcht umschlug. »Gibt es Neuigkeiten?«

Bevor Peer etwas darauf erwidern konnte, tauchte Olrik Bruhns gedrungene Gestalt hinter Berit in der Türöffnung auf. »Ich wusste gar nicht, dass du Besuch erwartest.«

»Ich auch nicht«, lautete die wahrheitsgemäße Antwort.

Peer machte einen Schritt nach vorn. »Darf ich trotzdem reinkommen?«

Berit trat beiseite. »Bitte.«

In der Küche empfing ihn ein liebevoll gedeckter

Frühstückstisch. »Setzen Sie sich doch.« Berit wies auf die Eckbank. »Wie wär's mit einer Tasse Kaffee?«

»Nein danke«, knurrte Peer ungeduldig.

Ohne sich davon beeindrucken zu lassen, griff Bruhns nach seiner Tasse. »Also mir kannst du gerne noch mal nachschenken«, bemühte er sich, die Situation zu entschärfen. »Es sei denn, ich störe?«

Peer würde viel lieber allein mit Berit sprechen. Doch wenn er Bruhns jetzt wegschickte, würde er wohl kaum erfahren, was er um diese Zeit hier zu suchen hatte. »Meinetwegen können Sie bleiben«, sagte er ohne rechte Überzeugung.

Als hätte Berit Zwill seine Gedanken erraten, stellte sie klar, dass das gemeinsame Frühstück ihre Idee gewesen war. »Als kleines Dankeschön sozusagen, weil er sich nach Enochs Tod so rührend um uns gekümmert hat.« Sie schenkte Bruhns ein scheues Lächeln. »Ich weiß nicht, was ich ohne dich gemacht hätte«, fügte sie hinzu.

Ihr schwärmerischer Tonfall ließ Peer aufhorchen. Es gehörte nicht viel Fantasie dazu, sich vorzustellen, dass sich dahinter mehr als reine Dankbarkeit verbarg. Immerhin wusste er jetzt, weshalb Bruhns hier war. Peer unterzog ihn einer eingehenden Musterung. Enochs Kompagnon trug eine Jeans und ein kariertes Hemd von einem angesagten Modelabel. Sein kantiges Gesicht wurde von einer modischen Kurzhaarfrisur umrahmt. Peer fand, dass er kein gut aussehender

Mann im klassischen Sinn war, doch er schien eine gewisse Ausstrahlung auf Frauen zu besitzen. Zumindest was Berit betraf. Einen Moment lang überlegte er, sie darauf anzusprechen, entschied sich dann aber dagegen. Das konnte warten.

»Lassen Sie gut sein«, winkte er ab. »Sie müssen sich deswegen nicht rechtfertigen.«

Statt es auf sich beruhen zu lassen, beharrte Berit darauf, dass sie nicht vorgehabt hatte, sich zu rechtfertigen. »Ich wollte es nur gesagt haben. Nicht dass Sie noch auf dumme Gedanken kommen.« Die Röte, die ihr dabei ins Gesicht schoss, schien ihre Worte Lügen zu strafen.

Bruhns sah sie verwundert an. »Was redest du denn da?«

»Ist doch wahr. Wenn du nicht gewesen wärst …«

Mehr musste Peer nicht hören. »… dann wäre es ein anderer gewesen«, brachte er sie mit einer unwilligen Handbewegung zum Schweigen. Er war noch immer wütend, brauchte irgendein Ventil, um seinen Frust abzulassen. Da kam ihm Berit Zwill gerade recht. Sollte sie ruhig merken, dass er sie durchschaut hatte.

»Was soll das heißen?« Berit zog verständnislos die Augenbrauen hoch.

»Tun Sie doch nicht so unschuldig«, brauste Peer auf. »Es wäre schließlich nicht das erste Mal, dass Sie Ihrem Mann Hörner aufgesetzt haben. Wobei …«

Weiter kam er nicht.

»Jetzt machen Sie aber mal halblang«, entrüstete Bruhns sich. »Es gibt keinen Grund zu der Annahme, dass …«

»… Sie ein Verhältnis miteinander haben«, kam Peer ihm zuvor. Seine Stimme triefte vor Hohn.

Bruhns setzte zu einer Erwiderung an, schwieg jedoch, als Berit sich die Hände vors Gesicht schlug und zu schluchzen anfing.

Es war ihr deutlich anzusehen, dass das Gespräch eine Wendung genommen hatte, die ihr nicht behagte. Ihre Wangen glühten vor Scham. Dabei hatten sie doch nur zusammen frühstücken wollen. Alles ganz harmlos, versuchte sie sich einzureden. Die Frage war nur, wer ihr das jetzt noch glauben sollte. Sie musste an Olrik denken. Daran, dass er nach Enochs Tod der Einzige gewesen war, der in regelmäßigen Abständen vorbeikam, um sich nach dem Stand der Ermittlungen zu erkundigen und ihr seine Hilfe anzubieten. Seine Besuche waren für sie beide zu einer schönen Gewohnheit geworden. Es brauchte nicht viel, um sich vorzustellen, dass es damit nach dem heutigen Tag vorbei sein würde. Sie spürte Wut in sich aufsteigen. »Worauf wollen Sie eigentlich hinaus?«, schleuderte sie Peer hasserfüllt entgegen. »Erst versuchen Sie, mir den Mord an meinem Mann anzuhängen. Und nachdem Sie damit gescheitert sind, unterstellen Sie mir, ihn betrogen zu haben. Noch dazu mit seinem besten Freund!« Berits Gesicht war von flammender Röte überzogen. Ihre Augen sprühten vernichtende Blitze.

Abwehrend hob Peer die Hände. »Ihr Liebesleben interessiert mich nicht die Bohne.«

»Ach ja? Und warum behaupten Sie dann, wir hätten eine Affäre?«

»Es wäre für Sie schließlich nicht die erste.«

Berit musste schlucken. Ihr Mund fühlte sich plötzlich völlig ausgetrocknet an. Sie spürte, wie ihr am ganzen Körper der Schweiß ausbrach. Peer, der sie die ganze Zeit über nicht aus den Augen gelassen hatte, registrierte es mit Genugtuung.

»Aber nicht mit mir«, begehrte Bruhns auf. »Enoch war mein Freund«, schickte er aufgewühlt hinterher. »Ich …«

»Ihre Entrüstung können Sie sich sparen«, schnitt ihm Peer kurzerhand das Wort ab. Er war es leid, sich ständig rechtfertigen zu müssen. »Ich weiß zwar nicht, ob und was zwischen Ihnen läuft, aber dass Sie, Frau Zwill, es mit der ehelichen Treue nicht so genau nehmen«, konnte er sich nicht verkneifen zu sagen, »dürfte inzwischen jedes Kind wissen.« Er schluckte. »Apropos Kind: Kann es einen besseren Beweis für Ihre Untreue geben?«

Berit erbleichte. »Welchen Beweis?« In ihr regte sich ein schrecklicher Verdacht. War es möglich, dass er ihr Geheimnis kannte? Bevor sie sich darüber klar werden konnte, sagte Peer, dass ihm eindeutige Beweise vorlägen.

»Beweise, aus denen hervorgeht, dass Katharina nicht Enochs Tochter ist«, unterstrich er seine Ausführungen.

Berits schuldbewusste Miene zeigte ihm, dass er ins Schwarze getroffen hatte. Es stimmte also, was Leona herausgefunden hatte.

Ungläubig sah Bruhns zwischen den beiden hin und her. »Ist das wahr?«

Statt etwas darauf zu erwidern, ließ Berit den Kopf sinken und starrte zu Boden. Das musste sie erst mal verdauen. Sie hatte das Gefühl, einen Schlag in den Magen bekommen zu haben. Hinter ihrer Stirn herrschte absolute Leere. Krampfhaft versuchte sie nachzudenken, aber sie schaffte es nicht einmal ansatzweise, sich zu konzentrieren. Obwohl sie wusste, dass ihr Schweigen wie ein Schuldbekenntnis wirken musste, kam kein Ton über ihre Lippen. Was hätte sie auch sagen sollen?

Für einen Moment lang war nur das Ticken der Küchenuhr zu hören. Nach einer ihr unendlich erscheinenden Weile hob Berit den Kopf. Aus ihrem Blick sprach dumpfe Verzweiflung. »Wer …?«, sie brach ab, als hätte sie nicht die Kraft, den Satz zu Ende zu bringen. »Ich meine, woher …?«

»Ich wüsste nicht, was das zur Sache tut.« Peer hatte beschlossen, Leona vorerst rauszuhalten. Er hatte schließlich schon genug Porzellan an diesem Morgen zerschlagen.

Berits Gedanken überschlugen sich. Es gab nur eine einzige Person, die ihr Geheimnis kannte. Plötzlich kam ihr ein absurder Gedanke. Was, wenn Leona gar keine Ärztin war? Was, wenn sie für die Polizei arbeitete? Wenn ihre Anteilnahme nur vorgetäuscht war, um sie auszuhorchen? Berit schalt sich eine Närrin. Wie hatte sie nur so dumm sein können. Statt ihr zu helfen, hatte Leona sie ans Messer geliefert. Der Gedanke an die Konsequenzen, die sich daraus ergaben, ließ Berit erschauern. Wie sie diesen Boström kannte, würde er keinen Moment zögern, sein Wissen gegen sie zu verwenden. Im Geiste sah Berit schon die Handschellen bei sich klicken. Sie hätte heulen können vor Wut und Enttäuschung. Vor allem wegen ihrer Naivität, die sie in diese Lage gebracht hatte.

Als hätte Peer ihre Gedanken lesen können, meinte er beschwichtigend: »Es gibt keine Veranlassung, sich deshalb verrückt zu machen. Ihr kleines Geheimnis ist vorerst gut bei mir aufgehoben.«

Auf Berits verhärmtem Gesicht erschien ein Hoffnungsschimmer. Peer nutzte die Gelegenheit, um auf sein eigentliches Anliegen überzuleiten. »Wie ich hörte, hatten Sie heute Morgen Besuch?«, erkundigte er sich übergangslos.

Es dauerte einen Moment, bis Berit begriff. »Leona, ich meine natürlich Frau Pirell«, verbesserte sie sich.

Peer winkte ab. »Geben Sie sich keine Mühe. Ich weiß, dass sie beide miteinander befreundet sind.«

»Kann mir mal jemand verraten, worum es hier eigentlich geht?«, meldete sich Bruhns zu Wort. »Was hat es mit dieser Leona auf sich?« Er runzelte die Stirn. »Ist das nicht die Frau, die …?«

»Ich wüsste nicht, was Sie das angeht.« Peers Tonfall stellte klar, dass er sich von ihm nicht aus dem Konzept bringen lassen würde. »Also noch mal von vorn«, sagte er, ohne Bruhns weiter zu beachten. »Ich wüsste gerne, weshalb Frau Pirell heute Morgen hier war.«

Berit musterte ihn misstrauisch. »Warum fragen Sie sie nicht selbst?«

»Weil …« Statt weiterzusprechen, lief Peer plötzlich rot an.

Seine Reaktion ließ Berit darauf schließen, dass sich irgendetwas Unangenehmes zwischen den beiden abgespielt haben musste. Vielleicht hatten sie sich ihretwegen sogar gestritten? Was wenn sie Leona unrecht getan hatte? Sie beschloss, auf der Hut zu sein. »Was genau wollen Sie wissen?«, erkundigte sie sich verhalten.

»Alles, woran Sie sich erinnern können.«

»Sie hat mich gefragt, wie lange Enoch und ich ein Paar waren und wie wir uns kennengelernt haben.«

»Wie sie sich kennengelernt haben?«, wiederholte Peer verständnislos. »Weshalb wollte sie das denn wissen?« Das Ganze ergab für ihn keinerlei Sinn.

»Keine Ahnung. Ich habe mich auch darüber gewundert«, gab Berit freimütig zu. »Sie versprach, mir später alles zu erklären.«

»Und damit haben Sie sich abspeisen lassen?«
»Was hätte ich denn tun sollen?«
»Sie hätten nachfragen können.«
»Hab ich doch.«
»Und was hat Frau Pirell darauf geantwortet?«
»Dass sie ihre Gründe habe und ich mich noch etwas gedulden solle. So lange, bis sie sicher sein könne, dass sie mit ihrer Vermutung richtig liege.«
Peer beäugte sie skeptisch. »Sonst hat sie nichts gesagt?«
Berit dachte nach. »Sie hat mich nach München gefragt.«
»Nach München?«
»Sie wollte wissen, ob Enoch 1988 dort war. Aus irgendeinem Grund schien ihr das wichtig zu sein.«
»Und, war er?«
Berit verdrehte die Augen. »Wie denn? Die Grenze ist doch erst 89 gefallen. Wie hätte er da ein Jahr zuvor nach München kommen sollen.«
»Verstehe«, meinte Peer, obwohl er nicht das Geringste verstand.
»Und wie hat Frau Pirell darauf reagiert?«, fragte er, nur um überhaupt etwas zu sagen.
»Wie schon. Es war ihr peinlich.«
»Seltsam«, warf Peer gedankenverloren ein. »Und Sie wissen wirklich nicht, was sie damit bezweckt haben könnte?« Seine Stimme klang beschwörend.
Berit zuckte mit den Achseln. »Ich habe mir auch schon den Kopf darüber zerbrochen, vor allem wegen

der Sache mit München«, meinte sie. »Irgendwie hatte ich den Eindruck, dass diese Frage von besonderer Bedeutung für sie war. Aber nach über 25 Jahren …« Sie sah den Kommissar Hilfe suchend an. »Wie soll ich da wissen, wer sich sonst noch dort aufgehalten haben könnte?«

Ihre Worte ließen Peer aufhorchen. »Wen meinen Sie mit sonst noch?«

»Jemanden aus Enochs damaligem Bekanntenkreis«, konkretisierte Berit.

Peer raufte sich die Haare. »Was haben seine Bekannten denn damit zu tun?«

»Das dürfen Sie mich nicht fragen. Ich gebe nur Leonas Worte wieder. Sie wollte von mir wissen, ob irgendeine dieser Personen 1988 in München gewesen sein könnte«, bekräftigte Berit.

Ein Klingeln an der Haustür unterbrach sie. Verwundert stand Berit auf, um nachzusehen. »Lass nur, ich geh schon«, erbot sich Bruhns. Kurz darauf kam er in Begleitung von Siegbert List zurück.

Sein Anblick versetzte Peer in Erstaunen. »Was wollen Sie denn hier?«

»Mich verabschieden.«

»Ich wusste gar nicht, dass Sie sich so gut kennen.«

»Tun wir auch nicht. Aber in Anbetracht der Umstände …«

»Das ist wirklich nett von Ihnen«, zeigte Berit sich gerührt. »Bitte nehmen Sie doch Platz.«

List zögerte. »Ich will nicht stören.«

»Sie stören nicht«, entgegnete Peer. »Wir sprachen gerade über Enoch. Vielleicht könne Sie uns ja weiterhelfen.« Peer rückte ein Stück zur Seite.

Widerwillig nahm List neben ihm Platz. »Ich habe Ihnen doch schon alles gesagt, was ich weiß.« Er fühlte sich sichtlich unwohl. »Worum geht es denn?«

»Es geht um München«, sagte Peer. »Und darum, wer sich 1988 aus Herrn Zwills Bekanntenkreis, Sie eingeschlossen, dort aufgehalten haben könnte.«

»München?«, wiederholte List verständnislos. »Ich glaube, ich verstehe nicht ganz, was …«

»Hast du mir nicht erzählt, du hättest in München studiert?«, platzte Bruhns ungefragt dazwischen.

»Das stimmt zwar«, räumte List ein, »aber erst zu Beginn der 90er.«

»Und was haben Sie davor gemacht?«, erkundigte sich Peer.

List funkelte ihn wütend an. »Wenn das ein Verhör werden soll …«

»Warum so aufbrausend? Ich will doch nur wissen, wo Sie 1988 waren«, beharrte Peer.

»In Straubing.«

»Straubing?« Hinter Peers Stirn arbeitete es. »Wie haben Sie das denn angestellt?«

»Das ist eine lange Geschichte.« List machte eine wegwerfende Handbewegung.

»Nur zu, wir sind ganz Ohr.«

List wirkte unentschlossen. »Ich wüsste nicht, was Sie das angeht. Ich meine, das ist doch alles lange her.« Ein tiefer Seufzer verlieh seinen Worten Nachdruck.

Doch Peer blieb unerbittlich. »Das zu entscheiden, sollten Sie besser mir überlassen.«

»Also gut«, begann List zähneknirschend von seinem Leben in der DDR zu berichten. Von Freiheitsdrang war da die Rede und von Fluchtplänen, die darin gipfelten, dass er sich bei Nacht und Nebel auf den Weg gen Westen gemacht hatte. Sein abenteuerlicher Plan sah vor, sich mit einem Surfbrett von Hiddensee aus über die Ostsee nach Dänemark durchzuschlagen. Doch der Versuch schlug fehl. Er wurde geschnappt und kam nach Karl-Marx-Stadt, dem heutigen Chemnitz. Dort saß er von August 1986 bis Juli 1987 in dem berühmt berüchtigten Stasigefängnis auf dem Kaßberg wegen versuchter Republikflucht, und zwar in Trakt B, dem sogenannten »Vogelkäfig«. Wer dort landete, konnte unter Vermittlung des Ostberliner Rechtsanwalts Vogel auf baldige Ausreise in den Westen hoffen. So auch List. Schenkte man seinen Worten Glauben, war er einer von über 33.000 Inhaftierten, die dort zwischen 1963 und 1990 in Abschiebehaft einsaßen und von der Bundesrepublik freigekauft wurden. Was bei List 1987 der Fall war. Nachdem er seinen Bericht beendet hatte, herrschte einen Moment lang betretenes Schweigen.

»Dann wäre das ja geklärt«, ergriff Peer schließlich mit belegter Stimme das Wort.

»Wenn das so ist, kann ich jetzt ja gehen«, versetzte List kühl.

»Gleich«, hielt Peer ihn zurück.

»Was denn noch?«

»Ich hatte gehofft, das könnten Sie mir sagen.« Peer ließ nicht locker. »Immerhin waren Sie zu der infrage kommenden Zeit in Straubing. Was, wenn ich mich recht entsinne, nicht allzu weit von der bayrischen Landeshauptstadt entfernt ist, wobei wir wieder beim Ausgangspunkt gelandet wären.«

»Glauben Sie wirklich, ich hätte Buch über jeden meiner Schritte geführt?«

Lists Antwort zeigte Peer, dass von ihm keine Hilfe zu erwarten war. Der Ehrlichkeit halber musste er sich eingestehen, dass ihm sich wohl auch bei einer anderslautenden Antwort deren Bedeutung kaum erschlossen hätte. Dazu hätte er wissen müssen, was Leona mit ihrer Frage bezweckt hatte.

»Also gut«, startete er an Berit gerichtet einen letzten Versuch, »kommen wir noch mal auf Leona zurück. Fällt Ihnen sonst noch irgendetwas von Belang ein?«, hakte er ohne große Hoffnung nach.

Berit wollte schon den Kopf schütteln, als ihr das Hochzeitsbild in den Sinn kam. Während sie Peer davon erzählte, erhob sich Bruhns.

Er hatte die ganze Zeit über schweigsam und in sich

gekehrt auf der Eckbank gesessen und der Unterhaltung gelauscht. Nun schien er es plötzlich eilig zu haben. »Tut mir leid, aber ich muss los.«

»Ich auch«, schloss sich List an.

20

Ein stechender Schmerz brannte in ihrer Lunge. Sie bekam kaum noch Luft. Es dauerte eine Weile, bis sie den Grund dafür begriff. Auf ihrer Brust lag ein zentnerschweres Gewicht, das sie am Atemholen hinderte. Sie schauderte. Kalter Beton bohrte sich in ihren Rücken. Wo war sie? Und weshalb konnte sie ihre Arme nicht bewegen? Panik stieg in ihr empor. Sie öffnete den Mund, um zu schreien, aber kein Ton kam über ihre Lippen. Derbe Hände zerrten an ihren Füßen, drohten sie mit sich zu ziehen. Über den Betonboden, auf dem sie lag, hin zu jenem bodenlosen Abgrund, der sich vor ihr auftat und alles nach unten riss, was sich ihm in den Weg stellte. Aufbegehren war sinnlos. Je mehr sie sich sträubte, umso unerträglicher wurde der Druck auf ihren Brustkorb. Als sie glaubte, ersticken zu müssen, hörte das Brennen in ihrer Lunge auf. Allerdings blieb ihr keine Zeit durchzuatmen. Ihr Rücken schrammte über grobkörnigen Beton. Sie verlor den Halt und stürzte mit einem ohrenbetäubenden Schrei in die Tiefe. Ihre Fußsohlen berührten eisiges Wasser. Sie schauderte. Ihr Herzschlag drohte auszusetzen. Binnen Sekunden reichte ihr das Wasser bis zu den Hüften. Bald würde es ihren Hals erreichen, danach ihren Mund. Sie würde ertrinken.

Leona schnappte nach Luft und riss die Augen auf. Es war nur ein Traum. Sie hatte geträumt. Doch die Erleichterung darüber stellte sich nur langsam ein. Das Ganze war ihr so real vorgekommen, dass sie noch immer die Kälte des Wassers und den Druck auf ihrer Brust spüren konnte. Sie zwang sich, tief durchzuatmen. Es gab keinen Grund zur Besorgnis. Sie saß an ihrem Schreibtisch. Musste wohl für einen Moment eingenickt sein, nachdem sie in der letzten Nacht kaum ein Auge zugemacht hatte. Irgendwann forderte der Körper seinen Tribut.

Ein flüchtiger Blick auf die Uhr zeigte, dass ihr bis zu ihrem Treffen mit Laurenz Hausmann noch genügend Zeit blieb.

Benommen stand sie auf und ging in die Küche, um sich einen Kaffee zu kochen. Auf dem Tisch lag eine Nachricht von Jenny. Sie war mit Simon ans Kap gefahren.

Leona registrierte es mit Erleichterung. So hatte sie vorerst keine weiteren Fragen zu befürchten.

Nachdem sie die Reste eines im Kühlschrank stehenden Auflaufs gegessen hatte, war es kurz nach drei. Zeit, sich langsam auf den Weg zu ihrer Verabredung zu machen.

Schon im Hinausgehen begriffen, begann Jennys Handy zu klingeln. Leona erkannte es am Klingelton. Verwundert machte sie sich auf die Suche. Es dauerte einen Moment, bis sie es gefunden hatte. Es war zwischen die Polster der Eckbank gerutscht. Wahrscheinlich hatte ihre Freundin den Verlust inzwischen bemerkt und suchte schon danach. Leona beschloss, den Anruf anzunehmen. Vielleicht war es ja Jenny.

Doch es meldete sich eine ihr unbekannte Frauenstimme.

»Spreche ich mit Frau Melms?«

»Wer ist denn da?«

»Mein Name ist Rea Sandner. Ich bin die Tochter von Heidrun Schulze.«

Als Leona nichts darauf erwiderte, fügte sie hinzu: »Meine Mutter … nun, sie ist vor zwei Wochen verstorben. Ich rufe an, weil Sie die Schwester, von der meine Mutter im Heim betreut wurde, gebeten hatten, sich bei Ihnen zu melden, wenn sich an ihrem Zustand etwas ändern sollte. Erinnern Sie sich?«

Leona brauchte einen Moment, bis sie begriff, wer die Frau war und weshalb sie mit Jenny sprechen wollte. Gleichzeitig meldete sich ihr schlechtes Gewissen. Normalerweise hätte sie die Frau über ihren Irrtum bezüglich ihrer Person aufklären und das Gespräch beenden müssen. Stattdessen siegte wieder einmal die Neugier über ihre Bedenken.

»Natürlich erinnere ich mich. Ihre Mutter, sie war doch Hebamme …«

»Deshalb rufe ich an«, entgegnete Rea Sandner und bestätigte damit Leonas Vermutung.

»Es gibt da etwas, was Sie wissen sollten. Ich …

ähm … ich sichte gerade den Nachlass meiner Mutter. Dabei bin ich auf einen Brief gestoßen.«

Sofort wurde Leona hellhörig. »Verraten Sie mir, was drinsteht?«

»Meine Mutter, sie …« Leona konnte hören, dass es ihr nicht leicht fiel, darüber zu sprechen. »Aus dem Brief geht hervor, dass es eine Sache gab, die sie all die Jahre mit sich herumgetragen hat. Ich … Also … ich weiß gar nicht, wie …«

»Warum lesen Sie den Brief nicht einfach vor«, schlug Leona vor, um ihr die Angelegenheit zu erleichtern.

»Sie haben recht, das wird wahrscheinlich das Beste sein.« Im Hintergrund war das Rascheln von Papier zu hören. »›Mein liebes Kind‹«, begann Rea Sandner verhalten, »›ich schreibe dir diese Zeilen, weil ich spüre, dass mir nicht mehr viel Zeit bleibt. Bevor ich diese Welt für immer verlasse, möchte ich dir noch etwas beichten. Etwas, das mein Gewissen seit Jahren belastet. Ich möchte, dass du weißt, dass ich mit dem, was ich getan oder vielmehr nicht getan habe, eine große Schuld auf mich geladen habe. Mein Schweigen hat dazu geführt, dass einem anderen Menschen ein schlimmes Unrecht zugefügt wurde. Ein Unrecht, das hätte verhindert werden können.‹«

Während Leona mit angehaltenem Atem auf der Eckbank Platz nahm, überschlugen sich ihre Gedanken. Wenn ihre Vermutung zutraf, würde sie gleich erfahren, was in jener verhängnisvollen Nacht vor über

50 Jahren geschehen war, in der Gundula Zwills Erstgeborener zur Welt kam. Und sie sollte recht behalten.

»›Ich hatte an jenem Abend Nachtschicht‹«, fuhr Rea Sandner fort. »›Zusammen mit Dr. Lüders.‹«

Leona spürte ihren Herzschlag schneller werden. In den nachfolgenden Sätzen beschrieb Heidrun Schulze, dass sie lange mit sich gerungen hatte, ob sie den Arzt namentlich erwähnen sollte. Am Ende hatte sie sich der Vollständigkeit halber dafür entschieden. Sie beschrieb ihn als jähzornig und autoritär. Als jemanden, der keinen Widerspruch duldete.

Aus ihren Worten sprach Furcht. Dennoch war es nicht allein die Angst, die sie zum Schweigen veranlasst und damit zur Mitwisserin der Vorkommnisse in jener verhängnisvollen Augustnacht gemacht hatte. Der eigentliche Grund war die Frau des Arztes gewesen, vielmehr deren unerfüllter Kinderwunsch. Heidrun Schulze wusste von drei Fehlgeburten zu berichten. Und davon, dass der Frau beim vierten Anlauf das Glück endlich hold zu sein schien. Die Schwangerschaft ging ohne nennenswerte Komplikationen vonstatten. Als die Wehen einsetzten, hatte Heidrun Schulze zusammen mit Dr. Lüders Dienst. Die Nacht verlief ruhig, genau wie die Entbindung. Gegen Morgen wurde Dr. Lüders zu einem Kaiserschnitt gerufen. Er kam gerade noch rechtzeitig, um die Geburt seines Sohnes mitzuerleben und die Nabelschnur zu durchtrennen.

Doch seine Freude währte kurz. Heidrun Schulze

hatte lediglich einen Blick in sein sorgenvolles Gesicht werfen müssen, um zu erkennen, dass mit dem Kind etwas nicht stimmte. Sie konnte sich noch genau daran erinnern: Lüders hatte seinen Sohn an sich genommen und fluchtartig den Raum verlassen, während sie sich um die Mutter gekümmert hatte. Wenig später hatte Heidrun Schulze ihn in Tränen aufgelöst über seinen Sohn gebeugt vorgefunden. Der Kleine hatte es nicht geschafft. Umso größer war ihr Erstaunen, als sie Lüders kurz darauf dabei beobachtete, wie er seiner Frau ein lauthals schreiendes Bündel in die Arme legte. Die Erkenntnis, dass es sich dabei nur um den Sohn der Frau handeln konnte, die Lüders kurz zuvor per Kaiserschnitt entbunden hatte, raubte Heidrun Schulze fast den Verstand. Sie hätte sofort etwas dagegen unternehmen, den Arzt zur Rede stellen und das Ganze aufklären müssen. Ihr Leben lang hatte sie sich deshalb schuldig gefühlt. Und das nur, weil sie es beim Anblick der vor Freude strahlenden Mutter nicht über sich gebracht hatte, ihr die Wahrheit zu sagen. Ihr zu sagen, dass das Kind, das sie in ihren Armen hielt, das Kind einer anderen Frau war. Sie hatte versucht, sich einzureden, dass jene Frau noch jung und kräftig genug war, um weitere Kinder zu bekommen. Doch ihr Gewissen hatte sie damit nicht beruhigen können.

Rea Sandner schwieg, um die Reaktion ihrer Worte abzuwarten. Obwohl sie meilenweit voneinander entfernt waren, meinte Leona, ihre Betroffenheit mit Händen greifen zu können.

»Es war gut und richtig, dass Sie mir den Brief vorgelesen haben«, versuchte Leona ihr die Schuldgefühle zu nehmen. »Immerhin weiß ich jetzt, was damals wirklich passiert ist.« Sie hatte den Satz gerade zu Ende gesprochen, als ihr noch etwas einfiel.

»Kann ich Ihnen sonst noch irgendwie weiterhelfen?«, fragte Rea Sandner.

»Hmmm«, entgegnete Leona gedehnt. »Da gäbe es tatsächlich noch etwas. Unsere Nachforschungen haben ergeben, dass dieser Arzt und seine Frau knapp zwei Jahre später bei einem Autounfall ums Leben kamen. Mir stellt sich jetzt die Frage, warum Ihre Mutter auch dann nichts unternommen hat, um das Ganze aufzuklären. Ich meine, sie hätte doch nur ein Wort sagen müssen …«

»Ich … nun …« Rea Sandner schien nach einer Erklärung zu suchen. »Dass sie nichts gesagt hat, kann eigentlich nur einen Grund haben.«

»Und der wäre?«

»Meine Mutter wusste nichts von dem Unfall.«

»Wieso sollte sie nichts davon gewusst haben?« In Leonas Stimme schwang Skepsis mit.

»In dem Brief ist vom August 1961 die Rede. Ich wurde ein Jahr später geboren, allerdings nicht in Stollberg, sondern in Berlin«, sagte Rea Sandner. »Meine Eltern sind umgezogen. Deshalb gehe ich davon aus, dass meine Mutter nichts von dem Unfall wusste.«

»Klingt logisch«, musste Leona zugeben.

21

Die Gaststätte, die sie für ihre Unterredung ausgewählt hatte, lag in der Nähe des Stralsunder Hafens.

Eine knappe Stunde nach ihrem Gespräch mit Rea Sandner lenkte Leona ihr Auto auf den Parkplatz des Restaurants. Sie war unkonzentriert und fahrig. Beim Aussteigen traf sie die unangenehme Kälte mit voller Wucht. Irgendetwas braute sich da über ihren Köpfen zusammen. Sie konnte es spüren. Wie zur Bestätigung wurde sie von einer stürmischen Böe erfasst. Leona fröstelte. Die ganze Fahrt über waren ihre Gedanken unablässig um das Telefonat mit Rea Sandner gekreist, was zur Folge hatte, dass ihr nun der Schädel brummte. Zum Glück fand sie in ihrer Handtasche eine Kopfschmerztablette, die sie in Ermangelung von etwas Trinkbarem trocken hinunterwürgte. Sie brauchte jetzt unbedingt einen klaren Kopf. Vielleicht würde ihr ein kurzer Spaziergang guttun.

Als sie Punkt 17 Uhr die Gaststätte betrat, war Hausmann noch nicht da. Nachdem Leona an einem abseits gelegenen Zweiertisch Platz genommen hatte, studierte sie die Getränkekarte. Ihre Kehle fühlte sich ganz trocken an. Sie hatte gerade ein Glas Orangensaft bestellt, als Hausmann den Raum betrat. Er trug eine schwarze Lederjacke, die er mit Jeans und Rollkragenpullover kombiniert hatte, was ihm eine sportliche Note verlieh. Trotz der nasskalten Witterung war sein Gesicht von einem dünnen Schweißfilm überzogen. Er wirkte abgehetzt, sein Atem ging stoßweise.

Nachdem sie einander begrüßt und Hausmann sich ihr gegenübergesetzt hatte, fuhr er sich verlegen durch sein zerzaustes Haar. »Tut mir leid, dass ich mich verspätet habe«, entschuldigte er sich. »Ich wurde aufgehalten. Und als ich dann endlich loskam, war da dieser Nebel.« Er schüttelte sich. »Grauenvoll.«

Leona nickte verständnisvoll und musterte Hausmann eingehend.

»Seit Ihrem Anruf rätsele ich darüber nach, weshalb Sie mich so dringend sehen wollen.« Ihre angespannte Miene ließ ihn besorgt hinzufügen: »Ich hoffe, Sie hatten keinen Ärger wegen …«

»Keine Sorge«, wiegelte Leona ab. »Es weiß niemand etwas von unserem Deal.«

Während Hausmann erleichtert aufseufzte, wusste Leona plötzlich nicht mehr, wie sie beginnen sollte. All die Sätze, die sie sich auf ihrem Spaziergang so sorgfältig zurechtgelegt hatte, waren wie weggeblasen. »Es gibt da noch ein paar Dinge zu klären«, sagte sie.

»Na, dann mal los«, ermunterte Hausmann sie.

»Wann und wo sind Sie geboren?«

Man konnte ihm ansehen, dass ihn die Frage völlig

unvorbereitet traf. »Das … Also … das ist aber eine seltsame Frage.«

Leona nickte. »Ich weiß. Bekomme ich trotzdem eine Antwort?«

»Also gut.« Hausmann räusperte sich. »Ich bin am 9. August 1961 geboren. In Stollberg«, fügte er hinzu.

Leona lehnte sich zurück und schloss die Augen. Das war sie, die Bestätigung. Wobei …

Bevor sie sich Gewissheit verschaffen konnte, näherte sich der Kellner mit dem von ihr bestellten Saft und der Speisekarte. Leona konnte es kaum erwarten, dass er Hausmanns Bestellung aufnahm und sich wieder entfernte. Sie wollte unbedingt herausfinden, ob sie mit ihrer Vermutung richtig lag.

Sobald der Kellner außer Hörweite war, beugte sie sich verschwörerisch nach vorn. »Wenn Sie mir jetzt noch verraten, wie Ihre Eltern heißen, dann …«

»Was haben meine Eltern denn damit zu tun?«, wunderte Hausmann sich.

»Das erkläre ich Ihnen gleich. Zuerst brauche ich ihre Namen.«

»Meine Eltern heißen Hausmann, Klara und Werner Hausmann.«

»Sagten Sie nicht, Sie seien adoptiert worden?«

»Das … nun ja.« Es war offensichtlich, dass ihn ihre Frage in Verlegenheit gebracht hatte.

»Also, was nun?«, drängte Leona.

Hausmann war deutlich anzusehen, dass er nur

ungern darüber sprach. »Für mich sind Klara und Werner meine Eltern. Wenn auch nicht meine leiblichen«, stellte er klar. »Die starben, als ich noch ein Kleinkind war. Ein Autounfall …« Er schluckte.

»Tut mir leid, ich wollte Ihnen nicht zu nahe treten«, entschuldigte sich Leona, deren Kehle sich noch immer ganz ausgetrocknet anfühlte. Sie griff nach dem Saftglas und trank in gierigen Zügen. Das tat gut. Als ihre Blicke sich über den Rand des Glases hinweg begegneten, meinte sie in Laurenz Hausmanns Augen eine tiefe Traurigkeit wahrzunehmen.

Sie hatte nicht damit gerechnet, dass ihm das Thema so nahe gehen würde. Plötzlich überkamen sie Zweifel. War es wirklich nötig, ihn mit der Wahrheit zu konfrontieren?

»Meine leiblichen Eltern hießen Lüders«, sagte er in ihre Überlegungen hinein.

Leona nickte. »Das dachte ich mir.«

»Was soll das heißen?«

»Dass Ihre angeblichen Eltern gar nicht Ihre Eltern waren. Also nicht ihre leiblichen«, verhaspelte sie sich.

»Tut mir leid, aber damit kann ich beim besten Willen nichts anfangen.« Sein Tonfall stellte klar, dass er auf eine Erklärung wartete.

Leona spürte, dass ihre Wangen vor Aufregung zu glühen begannen, und atmete tief durch. »Also gut, ich werde versuchen, es Ihnen zu erklären. Zuvor aber noch eine allerletzte Frage.«

Ein verhaltenes Nicken signalisierte ihr seine Bereitschaft. Leona vermutete, dass er ihre Fragen nur deshalb über sich ergehen ließ, weil sie noch etwas bei ihm guthatte.

»Was wissen Sie über Ihre leiblichen Eltern? Ich meine, außer dass sie bei einem Autounfall ums Leben gekommen sind.«

Hausmann dachte angestrengt nach. »Meine Eltern, Adoptiveltern«, verbesserte er sich, »haben mir erzählt, mein Vater sei Arzt gewesen. Gynäkologe, um genau zu sein. Von meiner leiblichen Mutter weiß ich nur, dass sie Hausfrau war. Da es keine Verwandten gab, die mich nach dem Unfall bei sich hätten aufnehmen können, kam ich ins Heim und wurde kurz darauf von meinen … von den Hausmanns adoptiert.« Er musterte sie aufmerksam. »Ist Ihre Frage damit beantwortet?«

»Sie sagten, Ihr Vater sei Arzt gewesen. Wissen Sie, in welcher Klinik er gearbeitet hat?«

Hausmann runzelte die Stirn. »Keine Ahnung. Dafür hab ich mich nie interessiert. Für mich sind die Hausmanns meine Eltern. Ob leiblich oder nicht, spielt dabei keine Rolle, jedenfalls nicht für mich«, unterstrich er.

»Gut«, Leona wirkte erleichtert. »Dann ist das, was ich Ihnen jetzt zu sagen habe, hoffentlich kein allzu großer Schock. Ich … Nun … ich habe den Namen Ihrer leiblichen Eltern herausgefunden.«

»Aber …«

Leona hob abwehrend die Hände. »Bitte unterbrechen Sie mich nicht. Es ist ohnehin schon kompliziert genug. Also noch mal«, begann sie. »Ihre leiblichen Eltern heißen nicht, wie von Ihnen bisher angenommen, Lüders, sondern«, sie schluckte, »Zwill.«

Es dauerte einen Moment, bis Hausmann begriff. Bis ihm aufging, worauf Leona hinauswollte. »Zwill?«, wiederholte er ungläubig.

Leona nickte.

»Soll das etwa heißen, dass …?«

»… Enoch Zwill Ihr Bruder war.« Nun war es heraus. Unwillkürlich hielt sie den Atem an. Wie würde Hausmann reagieren?

Der sog scharf die Luft ein. »Wollen Sie mich auf den Arm nehmen?«

Bevor Leona etwas erwidern konnte, kam der Kellner mit dem von Hausmann bestellten Wasser. »Haben die Herrschaften schon gewählt?«

Es dauerte einen Moment, bis die Frage in ihrem Bewusstsein angekommen war. Hatte der Mann denn keine Augen im Kopf? Sah er nicht, dass er störte?

»Später«, bescheinigte Leona ihm mit einer Handbewegung, die so aussah, als würde sie ein lästiges Insekt verscheuchen wollen.

Ihr brüskes Verhalten hatte zur Folge, dass der Kellner sich beleidigt zurückzog. »Dann halt nicht«, hörte sie ihn im Davongehen murmeln.

Beschämt senkte sie den Kopf. Was war auf einmal

in sie gefahren? Der Mann tat schließlich nur seine Arbeit. Sie nahm sich vor, ihm ein großzügiges Trinkgeld zu geben. Vielleicht würde ihn das versöhnen. Verunsichert schielte sie zu Hausmann hinüber. Er hatte die ganze Zeit über vor sich hingestarrt und von der Szene nicht das Geringste mitbekommen. Während sie sich fragte, ob sie darüber erleichtert oder besorgt sein sollte, kehrte sein Blick langsam aus dem Nichts zurück. Er griff nach dem Glas, das der Kellner soeben gebracht hatte, und nahm einen tiefen Zug. In seinem Gesicht stand deutlich zu lesen, was er von all dem hielt.

Leona nahm all ihren Mut zusammen und sah ihm in die Augen. »Ich kann Ihre Zweifel verstehen. Ich konnte es ja selbst kaum glauben. Aber dann …«

Ohne den Blick von ihr abzuwenden, beugte Hausmann sich nach vorn. »Was dann?«

Leona überlegte fieberhaft, wie sie beginnen sollte. »Sind Sie Enoch eigentlich jemals begegnet?«, erkundigte sie sich übergangslos.

»Ich wüsste nicht, was …« Plötzlich stutzte Hausmann. Hinter seiner Stirn begann es zu arbeiten. Nach einer Weile schüttelte er denn Kopf. »Ich glaube nicht.« Die Antwort schien ihn selbst zu erstaunen.

»Nein«, verbesserte er sich.

»Und seiner Frau?«, vergewisserte Leona sich.

Er schloss die Augen, um sich besser konzentrieren zu können. »Der auch nicht. Wir haben zwar mehrfach miteinander telefoniert, aber ich kann mich nicht daran erinnern, ihr jemals begegnet zu sein. Weder ihr noch ihrer Tochter. Dasselbe gilt für ihren Mann.«

»Das erklärt natürlich einiges.« Leona griff nach ihrer Handtasche, die über der Stuhllehne hing, und entnahm ihr das Hochzeitsfoto, das sie sich am Morgen von Berit geliehen hatte.

»Schauen Sie mal, was ich hier habe.« Sie reichte Hausmann die Aufnahme, die dieser stirnrunzelnd betrachtete.

»Wer …? Ich meine …« Er erbleichte. »Wer ist das?« Er tippte auf den neben Berit stehenden Mann.

»Erkennen Sie ihn nicht? Das ist Enoch. So wie er vor knapp 30 Jahren aussah.«

Hausmann schluckte, während er mit sich rang. In ihm arbeitete es. »Ich … Nun … Also … Ich könnte beschwören, dass ich damals genauso ausgesehen habe.« Seine Stimme glich einem Flüstern.

»Dann glauben Sie mir also?«

Hausmann nickte nachdenklich. »Ich weiß gar nicht, was ich sagen soll …« Es fiel ihm schwer, seinen Empfindungen Ausdruck zu verleihen. »Wie haben Sie es herausgefunden?«

»Durch Zufall«, gestand Leona. »Ich kannte Enoch nämlich auch nicht persönlich. Das hat sich erst geändert, als seine Leiche, oder besser gesagt, das, was davon übrig war, auf meinem Tisch gelandet ist. Aber um auf Ihre Frage zurückzukommen: Ich war heute früh bei seiner Frau. Während wir im Wohnzimmer saßen und uns unterhielten, ist mir das Foto aufgefallen.« Sie deutete auf die vor ihm liegende Aufnahme.

»Diese Ähnlichkeit war so auffällig«, unterstrich sie ihre Worte. »Dennoch konnte ich nicht ausschließen, dass es sich um einen Zufall handelt. Wobei ich nicht an Zufälle glaube – erst recht nicht in diesem Fall.« Ihr Blick streifte erst seine Hände und dann sein Gesicht. »Sie beide verbindet so viel, dass ich mich frage, weshalb ich nicht schon früher darauf gekommen bin.«

»Aber wie …? Ich meine, wie kommt es, dass ich …« Es war unschwer zu erkennen, dass er auf die Adoption anspielte.

»Auch dafür gibt es eine Erklärung«, bescheinigte ihm Leona. Allerdings fürchte ich, sie wird Ihnen nicht gefallen.« Sie sprach so leise, dass Hausmann sich nach vorn beugen musste, um sie zu verstehen. Das Lokal war nicht sehr groß und mittlerweile waren sämtliche Tische besetzt. Es roch nach gebratenem Fisch. Die leise Hintergrundmusik und das Geplauder der anderen Gäste hätten für eine entspannte Atmosphäre sorgen können, wenn es nicht um ein so brisantes Thema gegangen wäre.

»Nun sagen Sie schon«, drängte Hausmann.

Leona stützte die Arme auf den Tisch und lehnte sich zu Hausmann. »Das ist eine lange und tragische Geschichte«, eröffnete sie ihm. »Sie begann damit, dass Ihre Mutter, die im Übrigen Gundula hieß, ein

Kind erwartete. Während der Schwangerschaft gab es Komplikationen. Sie führten dazu, dass sie weit vor dem errechneten Geburtstermin per Kaiserschnitt von ihrem Kind entbunden wurde. Vom Arzt erfuhr sie, dass es ein Junge war. Sie hörte ihn schreien, dann wurde er weggebracht. Kurz darauf erhielt sie die Hiobsbotschaft, ihr Kind sei tot. Man sagte ihr, der Kleine habe es nicht geschafft.« Leona schluckte. »Und als ob das nicht schon tragisch genug wäre, durfte sie ihn noch nicht einmal sehen, um sich von ihm zu verabschieden.«

Hausmann musterte sie eindringlich. »Hat meine …?« Er stockte. Das Wort »Mutter« wollte ihm nicht über die Lippen. »Ich meine, hat Gundula Ihnen das erzählt?«

Leona schüttelte bedauernd den Kopf. Sie hätte seine Frage gerne mit Ja beantwortet. Stattdessen musste sie ihm sagen, dass seine Mutter tot war. »Wir sind uns nie begegnet.«

Hausmann lehnte sich zurück und fixierte Leona. »Wie kommt es, dass Sie so genau darüber Bescheid wissen?«

Für einen Moment war nur Leonas schwerer Atem zu hören. »Weil ich ihr Tagebuch gelesen habe.« Sie vermied es, ihn dabei anzusehen. Es war ihr peinlich. Plötzlich hatte sie ein ganz schlechtes Gewissen, so tief in die Privatsphäre eines anderen, ihr noch dazu völlig unbekannten Menschen vorgedrungen zu sein.

»Es gibt keinen Grund, sich deshalb Vorwürfe zu machen«, sagte Hausmann, der ihre Gedanken zu erraten schien.

Leona sah ihn dankbar an. »Als Berit, also, als Enochs Frau«, fuhr sie erleichtert fort, »mir gegenüber zum ersten Mal das Tagebuch erwähnte, war ich weit davon entfernt, etwas auf diese Geschichte zu geben. Doch dann habe ich die Einträge gelesen. Es gab weder eine Leiche noch ein Grab. Dafür jede Menge Fragen.« Nachdem sie Hausmann alles erzählt hatte, was sie über Gundula Zwill wusste, herrschte für eine Weile betretenes Schweigen.

Selbst der Kellner schien begriffen zu haben, dass es besser war, die beiden nicht zu stören.

Leona überlegte, ob sie Hausmann von Rea Sandners Anruf erzählen sollte. »Es gibt da übrigens noch etwas«, entschloss sie sich der Vollständigkeit halber zu sagen. Kopfschüttelnd lauschte Hausmann ihren Ausführungen.

Anschließend wirkte er geschafft, musste das alles erst mal verarbeiten. Kein Wunder, dass ihnen beiden der Appetit vergangen war.

22

Nachdem sie sich voneinander verabschiedet hatten, ging Leona zu ihrem Auto. Inzwischen war es fast vollständig dunkel. Ein grauer Abend unter grauen Wolken. Leona gähnte. Sie war so müde, dass sie sich kaum noch auf den Beinen halten konnte. Es war ein langer, ereignisreicher Tag gewesen, dem sich laut Prognose der Meteorologen eine stürmische Nacht anschließen sollte.

Fröstelnd startete sie den Motor und stellte die Heizung an. Nachdem sie die Stadt hinter sich gelassen hatte, legte sie eine CD von Sarah Brightman & Andrea Bocelli ein. Bei den ersten Klängen von »Time to Say Goodbye« drehte sie die Lautstärke voll auf und sang mit. Sie brauchte ein Ventil für ihre angestauten Gefühle, da kam ihr das Lied gerade recht. Zum Glück herrschte wenig Verkehr. Wer wollte es den Leuten verdenken, wenn sie sich an einem so ungemütlichen Abend zu Hause verkrochen. Genau das hatte Leona jetzt auch vor, doch dazu musste sie erst mal ankommen. Inzwischen hatte sie Garz passiert und befand sich auf dem Weg nach Putbus. Bei gutem Wetter liebte Leona es, entlang der Hauptstraße mit ihren strahlend weißen Gebäuden zu flanieren und in eines der Cafés einzukehren. Allerdings nicht an einem Abend wie diesem, da wollte sie nur noch nach Hause. Ein Geräusch brachte sie in die Gegenwart zurück. Sie regulierte die Lautstärke und horchte angestrengt. Da war es wieder. Es klang wie ein dumpfes Poltern. In Gedanken ging sie eine Liste der möglichen Ursachen durch, musste jedoch bald feststellen, dass ihr das nicht weiterhalf. Dabei war der Wagen erst in der Woche zuvor zur Inspektion in der Werkstatt gewesen. Lass mich jetzt bloß nicht im Stich, dachte sie besorgt, während sie Putbus auf der in Richtung Sellin verlaufenden Alleenstraße verließ.

Nach ein paar Kilometern tauchte das Ortseingangsschild von Vilmnitz vor ihr auf. Immer wenn Leona auf der holprigen Kopfsteinpflasterstraße an der gotischen Backsteinkirche und dem von uralten Bäumen umgebenen Pfarrhaus vorbeikam, fühlte sie sich in ein anderes Zeitalter versetzt. Kein Wunder, dass man Vilmnitz als Drehort für »Die Heiden von Kummerow« gewählt hatte. Obwohl die Pflasterstraße schon bald wieder in Asphalt überging, kam es Leona so vor, als habe sich das Poltern verstärkt. Sie hätte das Geräusch nur allzu gerne auf die Musik geschoben, doch an ihr konnte es nicht liegen. Denn obwohl sie die Musik zuerst leise drehte und dann ganz ausschaltete, war es immer noch da. Lauter als zuvor. Sie lauschte. Das Poltern war jetzt deutlich zu hören. Draußen war es inzwischen stockdunkel. Kein Auto weit und breit. Erst hinter Nadelitz tauchte im Rückspiegel ein Scheinwerferpaar auf.

Der Wagen schloss rasch auf. Nachdem er ihr eine Weile gefolgt war, gab der Fahrer plötzlich Lichthupe. »Idiot«, schimpfte Leona. Sie verminderte das Tempo und wich nach rechts aus, damit er auf der schmalen Alleenstraße ungehindert an ihr vorbeiziehen konnte. Im Rückspiegel sah sie, wie der Fahrer den Blinker setzte und beschleunigte. »Nun mach schon«, brummte sie ungehalten, während sie nach einer Parkbucht Ausschau hielt. Das Geräusch ließ ihr keine Ruhe.

Inzwischen hatte der Wagen hinter ihr zum Überholen angesetzt. Als er auf gleicher Höhe mit ihr war, registrierte Leona aus den Augenwinkeln heraus eine Bewegung. Sie riskierte einen kurzen Seitenblick. Hinter dem Lenkrad saß ein Mann, der wild gestikulierend zu ihr herüberschaute. Anscheinend versuchte er ihr zu verstehen zu geben, dass sie anhalten sollte. Automatisch nickte sie zu ihm hinüber. Daraufhin gab der Mann Gas. Sobald er sie überholt hatte, setzte er den Blinker und bog in einen von der Straße abzweigenden Feldweg ein. Ohne lange zu überlegen, folgte Leona ihm. Sie hatte ohnehin anhalten und nach dem Rechten sehen wollen. Warum also nicht gleich hier?

Nachdem sie ihr Auto zum Stehen gebracht hatte, kurbelte sie die Scheibe herunter. Als sie den Kopf aus dem Fenster reckte, traf sie der Wind mit voller Stärke. Das wurde ja immer ungemütlicher. Hoffentlich kam sie noch vor dem Sturmtief zu Hause an, das für die Nacht angekündigt worden war. »Was ist denn los? Warum sollte ich anhalten?«, rief sie dem Unbekannten, der inzwischen ausgestiegen war, entgegen.

Der Mann, der wie Leona erst jetzt registrierte, ein tief in die Stirn gezogenes Basecape trug, näherte sich ihrem Wagen. »Ihr Hinterreifen.« Der Wind riss ihm die Worte von den Lippen.

Leona beäugte ihn misstrauisch. Sein Gesicht lag im Schatten. »Was ist damit?«

»Ich weiß auch nicht«, rief er ihr zu und umrundete ihr Auto. Leona sah, wie er neben dem Hinterreifen in die Knie ging und sich an der Radkappe zu schaffen machte. Kurz darauf durchschnitt der Strahl einer Taschenlampe die Finsternis. »Dachte ich's mir doch!« Das klang nach Ärger.

Leona beschlich ein mulmiges Gefühl. »Was ist denn los?«

»Was los ist?« Der Mann erhob sich. Dabei konnte Leona einen Blick in sein Gesicht erhaschen. Sie hatte ihn schon einmal gesehen. Aber es wollte ihr nicht einfallen, wo.

»Ihr Rad«, wurde sie aus ihren Überlegungen gerissen, »Sie hätten es fast verloren.« Er deutete auf die Radkappe in seiner Hand.

»Was?«, fragte Leona in der Hoffnung, sich verhört zu haben. »Aber wieso? Ich meine …«

»Keine Ahnung, wieso.« Seine Antwort wurde von einem Schulterzucken begleitet. »Warum steigen Sie nicht aus und überzeugen sich selbst davon?«

Leona seufzte. Wie es aussah, blieb ihr keine andere Wahl, als seiner Aufforderung nachzukommen. Der Boden war aufgeweicht. Sie musste aufpassen, dass sie mit ihren hochhackigen Schuhen nicht ausglitt und hinfiel. Der Fremde wartete geduldig, bis sie neben ihm stand. Dann richtete er seine Taschenlampe auf die Stelle, an der die Radmutter fehlte. »Und die hier«, erklärte er, indem er den Lichtstrahl über die danebenliegenden Muttern gleiten ließ, »sind auch schon ganz locker. Ein Wunder, dass Sie das Rad nicht längst verloren haben.« Der Fremde sah sie eindringlich an. »Ist Ihnen denn gar nichts aufgefallen?«

»Schon«, gestand Leona kleinlaut ein. »Da war so ein Rumpeln. Allerdings …«

Der Fremde schnaubte verächtlich. »Frauen und Autos!«

Leona setzte zu einer Antwort an, doch der Mann legte ihr beschwichtigend die Hand auf den Arm. »Sie können froh sein, dass die Sache so glimpflich ausgegangen ist. Hätte auch ein ganz anderes Ende nehmen können.«

Leona nickte. »Ich darf gar nicht daran denken, was hätte passieren können, wenn Sie nicht gewesen wären …« Sie schenkte ihm ein zaghaftes Lächeln. »Dabei war der Wagen erst kürzlich in der Werkstatt«, fügte sie kopfschüttelnd hinzu. Noch während sie das sagte, tauchten vor ihrem geistigen Auge Bilder von Unfallopfern auf. Sie hatte in ihrem Job schon mehr als genug davon gesehen, um beurteilen zu können, was ihr erspart geblieben war. Mit einer resoluten Handbewegung versuchte sie, die Erinnerung daran zu verscheuchen. Ist ja noch mal gut gegangen, versuchte sie sich einzureden. Doch das flaue Gefühl blieb. Es wollte sich einfach nicht vertreiben lassen und hielt selbst dann noch an, als sie sich kurz darauf unter den wachsamen Blicken des Fremden anschickte, die Kofferraumklappe zu öffnen.

»Was haben Sie vor?«

Statt einer Antwort hielt Leona ihm ein Radkreuz entgegen. »Wären Sie so lieb und würden mir assistieren?« Sie deutete auf die Taschenlampe.

»Ich weiß nicht, ob das eine so gute Idee ist«, widersprach der Fremde. »Eine Radmutter fehlt, anziehen allein bringt nichts. Was wir brauchen, ist ein passender Ersatz.« Er sah flüchtig auf seine Armbanduhr. »Allerdings ist es schon ziemlich spät«, fügte er bekümmert hinzu. »Ich glaube nicht, dass wir um diese Zeit noch eine offene Autowerkstatt finden. Noch dazu bei diesem Mistwetter.« Beklommen folgte Leona seinem sorgenvoll zum Himmel gerichteten Blick.

»Ich mache Ihnen einen Vorschlag: Sie lassen das Auto über Nacht hier stehen, und ich bringe Sie nach Hause.«

»Ja, aber …«

»Nichts aber«, fiel ihr der Fremde ins Wort. »Sie müssen mir nur sagen, wohin ich Sie bringen soll.«

Leona sah ein, dass er recht hatte. »Also gut«, beschloss sie sein Angebot anzunehmen. »Ich wohne in Lobbe.«

Ihre Antwort versetzte den Fremden in Erstaunen. »Schau an«, meinte er. »Da haben wir ja denselben Weg. Wenn das kein Zufall ist.« Er musterte sie aufmerksam. »Jetzt weiß ich auch, weshalb Sie mir so bekannt vorkommen.« Kaum hatte er den Satz ausgesprochen, fiel Leona ein, woher sie den Mann kannte.

23

Er war mit brummendem Schädel erwacht. Für einen Moment wusste er nicht, wo er sich befand. Dann kam die Erinnerung. Schmerzhaft und furchteinflößend zugleich. Aufstöhnend sah er an sich hinab. Er trug noch immer die Kleidung vom Vortag. An seinen Händen klebte geronnenes Blut. Sein Anblick machte ihm bewusst, dass er nicht geträumt hatte. Das Ganze war real. So real wie das Blut an seinen Händen. Ihr Blut. Für einen Moment fühlte er sich wie betäubt. Das war sie nun, die langersehnte Freiheit. Die Welt, in der alles möglich war. In der man tun und lassen konnte, was man wollte. Die Frage war, was es ihm eingebracht hatte? Er schloss die Augen, um nicht darüber nachdenken zu müssen. Doch es half nichts. Ihr Bild hatte sich in seine Netzhaut eingebrannt. Er sah wieder ihr blondes Haar, sah den tiefen Ausschnitt ihres Dirndls. Ihm wurde heiß, als er an ihre prallen Brüste dachte.

Selbst schuld, wenn die Männer dir in so einem Aufzug nachstellen, versuchte er sein schlechtes Gewissen zu beruhigen. Dabei war es nicht nur ihre Kleidung gewesen. Es war die Art und Weise, wie sie ihn angesehen hatte. Ihr Lächeln war so aufreizend gewesen, er hatte es als Freifahrtschein verstanden. Geradezu herausfordernd, wenn er es recht bedachte. Er hatte sie den ganzen Abend über beobachtet und insgeheim bewundert, mit welcher scheinbaren Leichtigkeit sie die schweren Maßkrüge gestemmt hatte. Unzählige Male war sie damit an ihm vorbeigeeilt. Er hatte noch nie zuvor so viel Bier in so viele durstige Kehlen rinnen sehen, wie in diesem Festzelt. Seine neuen Freunde hatten dafür gesorgt, dass nie eine leere Maß vor ihm stand. Und er hatte es ihnen gedankt, indem er kräftig mit ihnen angestoßen hatte. Sie hatten den ganzen Abend hindurch gezecht. Er versuchte, sich zu erinnern. Irgendwann waren sie aufgebrochen. Er hatte nicht die geringste Ahnung, wie er nach Hause, geschweige denn in sein Bett gekommen war. Er wusste nur noch, dass sie plötzlich vor ihm gegangen und es ihm irgendwie gelungen war, ihr bis zu ihrer Wohnung zu folgen. In seinem Zustand dürfte das gar nicht so einfach gewesen sein. Hemmungen hatte er keine gehabt. Dafür hatte der Alkohol in seinem Blut gesorgt. Als sie die Wohnungstür aufgeschlossen hatte, hatte er sich an ihr vorbei in die Diele geschoben. Es war viel einfacher gewesen, als er es sich vorgestellt hatte. Als sie in Panik geraten war, hatte er ihr den Mund zugehalten und sie vor sich hergeschoben. Irgendwie hatte sie es geschafft, sich von ihm zu befreien und ins Schlafzimmer zu flüchten. Doch noch bevor sie die Tür hinter sich schließen konnte, war er über ihr gewesen und hatte sie zu Fall gebracht. Was danach passiert war, daran erinnerte er sich nur schemenhaft. Sie hatte sich gewehrt, ihn gekratzt, ja sogar zu beißen versucht. Je verzweifelter sie sich zur Wehr gesetzt hatte, desto erregter wurde er. Er war wie im Rausch. Wollte nur noch eins. Sie besitzen. Er hatte ihr die Bluse, gegen die sie ihr Dirndl nach Feierabend eingetauscht hatte, vom Leib gerissen. Der Anblick ihrer nackten Brüste hatte ihn vollends um den Verstand gebracht. In diesem Moment hatte es kein Halten mehr gegeben. Völlig enthemmt hatte er sich genommen, was er wollte. Danach hatte er sie für immer zum Schweigen gebracht. Nicht dass er das von Anfang an geplant hätte. Es hatte sich so ergeben. Er sah auf seine Hände hinab, die sie gewürgt und mit dem Fuß der Nachttischlampe auf sie eingeschlagen hatten, bis sie sich nicht mehr gerührt hatte.

24

Leona wäre nicht Leona gewesen, wenn sie sich ihr Wissen nicht zunutze gemacht hätte. »Ich hab Sie auch schon mal gesehen«, eröffnete sie dem Mann auf dem Weg zu seinem Auto. »Sie waren gestern Abend auf diesem Klassentreffen.« Ein Blick in sein erstauntes Gesicht bestätigte ihre Vermutung.

Er hielt ihr die Beifahrertür auf. Sie brauchte nur noch Platz zu nehmen und sich anzuschnallen. Dann saß er auch schon neben ihr am Steuer und startete den Motor.

»Anscheinend bin ich nicht der Einzige, der über ein ausgezeichnetes Personengedächtnis verfügt«, stellte er fest. Während er den Wagen auf die Straße zurücklenkte, sah er sie kurz von der Seite an. »Sie müssen diese ominöse Leona sein.«

Seine Antwort ließ Leona stutzen. »Wieso ominös?«

»Ich mein ja nur«, wiegelte er ab und bereute seine unbedachte Äußerung.

»Ich fürchte, ich verstehe nicht ganz.« Leonas Tonfall ließ keinen Zweifel daran, dass sie auf eine Erklärung wartete.

»Das glaube ich Ihnen gerne. Ich konnte es ja auch nicht verstehen. Genauso wenig wie Berit«, fügte er hinzu.

»Wie jetzt?« Leona hatte nicht die geringste Ahnung, wovon er sprach.

»Berit«, setzte er zu einer Erklärung an, »sie hat mir erzählt, dass Sie heute Morgen bei ihr waren. Und von all den seltsamen Fragen, auf die sie sich keinen Reim machen konnte. Daher das ominös.«

Leona war nicht sonderlich erfreut darüber, dass Berit ihn eingeweiht hatte. »Ich hatte Berit eigentlich darum gebeten, vorerst mit niemandem darüber zu sprechen.«

»Komisch, für mich hat sich das ganz anders angehört. Allein schon wegen dieser Münchengeschichte. Berit meinte, Sie hätten sie geradezu bekniet, sich deshalb mal umzuhören.« Er hatte nicht laut gesprochen und es hatte sich auch nicht sonderlich streng angehört. Dennoch hatte etwas in seiner Stimme mitgeschwungen: ein unangenehmer Unterton, den sie nicht zuordnen konnte.

Leona schloss die Augen, als wollte sie sich in Gedanken zurückversetzen. Dass sie Berit deswegen bekniet haben sollte, schien ihr ziemlich weit hergeholt. Sie versuchte das seltsame Gefühl zu ignorieren, das sie plötzlich beschlich. Im Grunde genommen hätte ihr gar nichts Besseres passieren können, als von ihm auf ihre Nachforschungen angesprochen zu werden. So musste sie nicht erst lange um den heißen Brei herumreden, sondern konnte gleich zur Sache kommen. Sie holte geräuschvoll Luft. »Ich bin auf der

Suche nach jemandem aus Enochs Bekanntenkreis. Nach jemandem, der 1988 in München war«, konkretisierte sie.

»Vielleicht kann ich Ihnen ja weiterhelfen.«

Seine Antwort ließ Leona aufhorchen. »Wirklich?«, erkundigte sie sich hoffnungsvoll.

»Allerdings müssten Sie mir schon erst mal verraten, weshalb Sie sich so brennend dafür interessieren.«

Leona fand, dass nichts dagegen sprach, ihn an ihren Erkenntnissen teilhaben zu lassen. »Also gut. Sie müssen mir aber versprechen, dass Sie das, was ich Ihnen gleich erzähle, nicht an die große Glocke hängen. Ich bin mir nämlich selbst noch nicht ganz sicher, ob das, was ich mir da zusammengereimt habe, auch wirklich stimmt.«

»Keine Sorge«, beruhigte er sie. »Ich kann schweigen wie ein Grab.« Sein Lächeln hatte etwas Lauerndes. »Was ist denn nun mit München?«

»Ich habe da so eine Hypothese«, begann Leona zögerlich. »Was, wenn Enoch sterben musste, weil er etwas herausgefunden hat, was er besser nicht herausgefunden hätte?«

»Sie sprechen in Rätseln.«

Täuschte sie sich, oder wirkte er plötzlich angespannt?

Leona versuchte, sich nichts von ihrer Verunsicherung anmerken zu lassen. »Es geht um einen bis heute unaufgeklärten Mordfall, der sich 1988 in München zutrug.«

Er sah sie aufmerksam an. »Soll das etwa heißen Enoch …?«

Leona schüttelte den Kopf. »Ich vermute, dass er den Mörder kannte. Und dass er deshalb sterben musste.«

»Wie sind Sie überhaupt auf den Fall gestoßen?« Da war er schon wieder, dieser unangenehme Unterton.

Leona, deren Mund sich mit einem Mal ganz trocken anfühlte, schluckte. »Durch Zufall«, erklärte sie. »Berit hat mir von Enochs seltsamem Verhalten am Abend, bevor er starb, erzählt. Als ich mir daraufhin das Fernsehprogramm ansah, das zu dieser Zeit lief, habe ich eine interessante Entdeckung gemacht.«

Leona betrachtete ihn von der Seite. Seine Hände hatten das Lenkrad so fest umschlossen, dass die Fingerknöchel weiß hervorstachen.

»Da bin ich jetzt aber mal gespannt«, stieß er gepresst hervor.

»Ich glaube, Enochs merkwürdiges Verhalten hing mit ›Aktenzeichen XY‹ zusammen. Mit einem der darin ausgestrahlten Beiträge.«

Ihre Antwort schien ihn zu belustigen. Leona sah, wie es um seine Mundwinkel zuckte. »Tut mir leid. Aber ich fürchte, das ist mir zu hoch.«

»In dem Beitrag ging es um zwei auf den ersten Blick voneinander unabhängige Verbrechen. Um einen vor über 20 Jahren verübten Mord und um einen drei Jahre zurückliegenden Einbruch.«

»Das mag zwar schön und gut sein«, unterbrach

er sie, »nur kapier ich immer noch nicht, worauf Sie hinauswollen.«

»Hätten Sie mich aussprechen lassen, wüssten Sie, dass es mir genauso ging. Ich habe auch einen Moment gebraucht, um den Zusammenhang zu begreifen. Das hat sich jedoch schlagartig geändert, als ich hörte, wo der Einbruch stattfand.«

»Wo?«

»In ›Uhus Bistro‹.« Leona sah ihn abwartend an.

»›Uhus Bistro‹?«, wiederholte er gedehnt. »Heißt so nicht dieser Imbiss an der Promenade von Thiessow?«

Leona nickte. »Deshalb bin ich ja auch erst hellhörig geworden. Eine Rekonstruktion der Tat ergab, dass der Einbruch von zwei der Polizei bislang unbekannten Männern begangen wurde. Bei der Auswertung der vor Ort sichergestellten Spuren erzielte die Polizei einen Treffer. Wie sich herausstellte, war die DNA eines der beiden Männer bereits in der Datenbank gespeichert – und zwar als die des noch immer nicht gefassten Frauenmörders von München.«

Für eine Weile sagte keiner von beiden ein Wort.

»Mit wem haben Sie sonst noch darüber gesprochen?«, fragte er beiläufig.

»Mit niemandem«, erwiderte Leona wahrheitsgemäß.

»Und das soll ich Ihnen glauben?«

»Mit wem hätte ich denn darüber sprechen sollen?«

»Mit der Polizei.«

Leona machte eine wegwerfende Handbewegung. »Die halten mich doch eh schon für verrückt.«

»Na, umso besser!«

Es dauerte einen Moment, bis der Sinn seiner Worte in ihr Bewusstsein gedrungen war. »Warum sagen Sie so etwas?«

»Weil es mir eine Menge Arbeit erspart!« Die grimmige Entschlossenheit in seinem Gesicht zerstreute Leonas letzte Zweifel.

»Sie waren es!«, platzte es aus ihr heraus. »Sie haben Enoch umgebracht. Er musste sterben, damit er der Polizei nicht erzählen konnte, was er über Sie herausgefunden hat. Und ich Idiot …«, der Rest des Satzes ging in einem Schluchzen unter.

»Ich habe mich schon gefragt, wie lange es noch dauert, bis du darauf kommst.« Es war nicht gut, dass er das so freimütig zugab. Gar nicht gut.

»Mich umzubringen, nützt Ihnen gar nichts«, schleuderte Leona ihm verzweifelt entgegen.

»Da wär ich mir nicht so sicher. Immerhin bin ich schon zweimal ungeschoren davongekommen. Warum nicht ein drittes Mal?«

Leonas Gedanken überschlugen sich. Red mit ihm, ermahnte sie sich. Versuch Zeit zu schinden. »Wenn Sie sich da mal nicht täuschen.«

»Keine Sorge. Ich hab an alles gedacht.« Auf seinem Gesicht machte sich ein selbstgefälliges Grinsen breit. »Oder glaubst du etwa immer noch, dass sich das Rad von allein gelockert hat?« Belustigt schüttelte er den Kopf über ihre Naivität.

»Die Radmuttern zu manipulieren, war ein Kinderspiel. Alles, was ich danach noch tun musste, war in gebührendem Abstand hinter dir herzufahren und den geeigneten Zeitpunkt abzuwarten. Du hast wirklich keine Ahnung von Autos, wie?« Das klang amüsiert. Dass er sie jetzt auch noch verspottete, verdeutlichte den Ernst der Lage. Sie musste so schnell wie möglich hier raus. Um Unauffälligkeit bemüht, ließ sie ihre linke Hand zum Sicherheitsgurt wandern. Wenn es ihr gelang ihn zu lösen …

»Vergiss es«, hörte sie ihn da auch schon sagen.

25

Der Anruf erreichte Peer am nächsten Morgen auf dem Weg nach Bergen. Es war Jenny. »Leona ist verschwunden.«

»Was soll das heißen?«

»Sie war die ganze Nacht über nicht zu Hause und geht auch nicht an ihr Handy. Ich mach mir schreckliche Sorgen. Weißt du vielleicht, wo sie sein könnte?«

»Keine Ahnung«, machte Peer ihre Hoffnung zunichte. »Ich habe sie seit gestern früh nicht mehr gesehen.«

Jenny erinnerte sich noch zu gut an die unschöne Szene, deren Zeuge Simon und sie geworden waren.

»Glaubst du etwa, sie könnte meinetwegen …?« Er ließ den Satz unvollendet.

»Du meinst wegen eures Streits? Das kann ich mir nicht vorstellen. Andererseits …«

»Andererseits?«, drängte Peer.

»Ich will damit nur sagen, dass es einfach nicht zu Leona passt, so sang- und klanglos von der Bildfläche zu verschwinden. Sie hätte zumindest eine Nachricht hinterlassen. Aber da ist nichts, rein gar nichts.«

Peer dachte über ihre Worte nach. »Wann hast du sie zuletzt gesehen?«

»Das war gestern Vormittag. Bevor Simon und ich ans Kap gefahren sind.« Es folgte eine kurze Pause. »Bei unserer Rückkehr war es schon ziemlich spät. Ich dachte, Leona würde bereits schlafen. Dabei war sie gar nicht zu Hause.«

»Woher willst du das wissen?«

»Als sie heute nicht zum Frühstück erschien, bin ich zu ihr hoch. Ihr Bett war unberührt.«

»Vielleicht ist sie nach Greifswald gefahren«, mutmaßte Peer. »Leona kann manchmal ganz schön impulsiv sein.«

»Du meinst so impulsiv, dass sie noch nicht mal mehr an ihr Handy geht? Tut mir leid, aber das kann ich mir beim besten Willen nicht vorstellen. Sie kann sich doch denken, dass ich mir Sorgen um sie mache.«

Dem hatte auch Peer nichts entgegenzusetzen. »Hast du schon mal in ihrem Arbeitszimmer nachgesehen?«, hakte er ohne große Hoffnung nach.

»Noch nicht. Aber das lässt sich nachholen. Sekunde.« Peer hörte Schritte und eine Tür, die geöffnet wurde. »Ich steh jetzt vor ihrem Schreibtisch«, verkündete Jenny.

»Und?«

Die Antwort bestand aus Papierrascheln. »Nichts und. Hier liegt bloß eine alte Fernsehzeitung.« Jenny wollte sie schon beiseitelegen, als ihr das Datum ins Auge stach. Konnte es sein …? »Wann sagtest du, wurde Enoch Zwill ermordet?«

Als Peer ihr das Datum genannt hatte, blieb es eine Weile still in der Leitung.

»Bist du noch dran?«, vergewisserte er sich.

Seine Frage wurde mit einem lang gezogenem »Hmmm« beantwortet. »Ich weiß nur nicht, was ich davon halten soll«, meinte Jenny mit Blick auf die Fernsehzeitung.

»Was du wovon halten sollst?«, hakte Peer nach.

»Wenn ich das nur wüsste.« Jennys Worte wurden von einem tiefen Seufzer begleitet. »Oder wie erklärst du dir, dass die aufgeschlagene Seite ausgerechnet das Fernsehprogramm enthält, das am Vorabend von Enoch Zwills Ermordung ausgestrahlt wurde? Wie ich Leona kenne, hat sie die Zeitung bestimmt nicht ohne triftigen Grund hier liegen lassen. Du weißt doch, wie ordentlich sie ist.«

»Seltsam«, stimmte Peer ihr zu. »Mir fällt im Moment nur eine Person ein, die etwas darüber wissen könnte.«

»Berit Zwill?«

»Genau.«

»Dann sollten wir ihr schleunigst einen Besuch abstatten. Vielleicht weiß sie ja, was es damit auf sich hat.«

»Oder wo Leona ist«, ergänzte Peer hoffnungsvoll. »Kannst du die Befragung übernehmen?«

»Geht klar.«

»Okay, dann hör ich mich inzwischen mal im Präsidium um. Vielleicht hatte Leona einen Autounfall und liegt im Krankenhaus. Apropos Auto …«

»Das ist auch weg«, unterbrach Jenny ihn.

Das musste Peer erst mal verdauen. Für eine Weile sagte keiner von beiden ein Wort.

»Mir ist gerade noch was eingefallen«, sagte Jenny in seine Überlegungen hinein. »Leona hat uns doch gestern von diesem Arzt erzählt, diesem …«

»Du meinst Enoch Zwills angeblichen Bruder?«, vergewisserte sich Peer.

»Genau der. Kannst du dich noch an seinen Namen erinnern?«

»Wozu willst du das denn wissen?«

»Um ihn anzurufen. Vielleicht weiß er ja, wo sie ist?«

»Möglich«, pflichtete Peer ihr verhalten bei. »Lass mich mal nachdenken. Ich glaube, es muss irgendwas mit ›Haus‹ gewesen sein. Hausdorf oder Hauswald. So genau kann ich mich nicht mehr erinnern. Aber ich weiß, bei wem du dich danach erkundigen kannst.«

Nachdem Jenny aufgelegt und Simon über ihr Gespräch mit Peer informiert hatte, machte sie sich auf den Weg zu Berit Zwill.

»Ich bin auf der Suche nach Leona. Ist sie zufällig hier?«

»Wie kommen Sie darauf, dass sie bei mir sein könnte?«, erkundigte Berit sich argwöhnisch. »Und wer sind Sie überhaupt?«

»Mein Name ist Jenny, Jenny Melms. Ich bin mit

Leona befreundet und mache mir große Sorgen um sie. Aber das ist eine lange Geschichte.« Sie schielte an Berit vorbei ins Haus. »Darf ich reinkommen?«

Berit trat einen Schritt zur Seite. »Möchten Sie vielleicht einen Kaffee?«, erkundigte sie sich, nachdem sie Jenny einen Platz auf der Eckbank in der Küche angeboten hatte. »Sie sehen aus, als könnten sie einen vertragen.«

»Das wäre nett.« Jenny schenkte ihr ein schwaches Lächeln. Es war ihr erstes Lächeln an diesem Tag.

Als die beiden Frauen sich wenig später bei einer heiß dampfenden Tasse Kaffee gegenübersaßen, kam Jenny auf den Grund für ihren Besuch zu sprechen. »Leona ist verschwunden«, begann sie.

Berit runzelte die Stirn. »Was soll das heißen, sie ist verschwunden?«

»Dass sie die letzte Nacht nicht in ihrem Bett verbracht hat und auch nicht an ihr Handy geht«, präzisierte Jenny.

»Seltsam«, pflichtete Berit ihr mit in Falten gelegter Stirn bei.

»Sie war gestern bei Ihnen?«

»Woher wissen Sie davon?«, fragte Berit verwundert.

»Von Leona. Sie hat mir von Ihrem Gespräch erzählt. Deshalb bin ich hier. Ich hatte gehofft, dass Sie mir sagen könnten, wo sie ist.«

Berit schüttelte den Kopf. »Da muss ich Sie leider enttäuschen. Leona, sie war so … – wie soll ich sagen?

Ich bin ja selbst nicht schlau aus ihr geworden und aus all den wirren Fragen, die sie mir gestellt hat.«

»Was genau wollte sie denn wissen?«, hakte Jenny nach.

»Sie hat sich nach Enoch erkundigt. Danach, wann wir uns kennengelernt haben und nach München.«

»Nach München?«

»Sagten Sie nicht, Leona hätte Ihnen von unserem Gespräch erzählt?« Auf Berits Miene spiegelte sich Skepsis.

»Schon. Allerdings kann ich mich nicht daran erinnern, dass es dabei um München gegangen wäre.«

Berit verschränkte die Arme vor der Brust. »Dann fragen Sie doch die Polizei, wenn Sie mir nicht glauben.«

»Die Polizei? Was hat denn die damit zu tun?«

»Na, weil die auch schon hier war und mir genau dieselben Fragen gestellt hat. Also dieser Boström«, konkretisierte Berit.

»Peer war hier?«, platzte es aus Jenny heraus. »Wann?«

»Peer«, spie Berit verächtlich aus. »Das wird ja immer schöner. In was für eine Verschwörung bin ich hier bloß hineingeraten?« Ihre Stimme war hoch und schrill.

Jenny biss sich auf die Unterlippe. Noch so ein Fauxpas und sie würde kein Wort mehr aus ihr herausbekommen. »So beruhigen Sie sich doch«, versuchte sie die Wogen zu glätten.

»Beruhigen«, keifte Berit mit hochrotem Gesicht. »Sie kommen hier reinspaziert und geben sich als Leonas Freundin aus. Dabei geht es Ihnen nur darum, mich auszuspionieren. Sie und dieser, dieser …«

»Was Peer betrifft«, unterbrach Jenny sie, »bin ich gerne bereit zuzugeben, dass wir uns kennen.« Dass sie das so offen bekannte, schien Berit ein wenig zu beschwichtigen. »Daher weiß ich auch«, fuhr Jenny rasch fort, »dass er die Ermittlungen im Fall Ihres Mannes leitet.« Die beiden Frauen musterten einander über den Tisch hinweg.

»Er und Leona«, verbesserte Berit verbittert. »Sie müssen sich keinen Zwang antun. Ich weiß, dass die beiden zusammenarbeiten.«

»Ich glaube, da bringen Sie etwas durcheinander«, berichtigte Jenny sie. »Leona ist Rechtsmedizinerin.«

Berit zog ungläubig die Augenbrauen hoch. »Sie ist was?«

»Rechtsmedizinerin«, wiederholte Jenny. »Was dachten Sie denn?«

Hinter Berits Stirn arbeitete es. »Zu mir hat sie gesagt, sie sei Ärztin.« Das klang kein bisschen streitsüchtig, eher verunsichert. Jenny ergriff die Gelegenheit, um Berit beschwichtigend die Hand auf den Arm zu legen. War da nicht ein flüchtiges Lächeln über ihr verhärmtes Gesicht gehuscht? Jenny beschloss, es als positives Zeichen zu nehmen. Schließlich war sie auf ihre Mithilfe angewiesen.

»Anscheinend bin ich nicht die Einzige, die mit verdeckten Karten spielt«, wagte Jenny einen erneuten Anlauf.

»Dann geben Sie also zu, dass die beiden unter einer Decke stecken?«

»So würde ich das nicht sagen.«

»Wie denn?«

Jenny zuckte mit den Schultern. »Keine Ahnung, was Leona sich dabei gedacht hat. Ich weiß nur, dass sie Ihnen helfen wollte.«

»Mir helfen?«

Jenny nickte nachdrücklich. »Sie ist von Ihrer Unschuld überzeugt. Davon, dass Sie nichts mit dem Tod Ihres Mannes zu tun haben.«

»Und weshalb hat sie diesem Boström dann anvertraut, dass …?« Statt weiterzureden, biss Berit sich auf die Unterlippe. Sie hatte schon viel zu viel gesagt.

»… dass Sie Ihrem Mann Hörner aufgesetzt haben?«, führte Jenny den Satz zu Ende.

Berit riss die Augen auf. »Ihnen hat sie es also auch erzählt?« Das musste sie erst mal verdauen. Sie blickte weg, um Jenny nicht ansehen zu müssen.

»Wenn Sie beide es wissen, dann weiß es bestimmt bald das ganze Dorf.« Sie senkte ihre Stimme zu einem Flüstern. »Dann können sie sich die Mäuler über mich zerreißen.« Berit vergrub das Gesicht in ihren Händen und begann zu schluchzen.

Jenny beugte sich zu ihr hinüber und tätschelte ihren

Arm. »Keine Sorge. Ihr Geheimnis ist bei uns in guten Händen. Leona …«

»Hören Sie mir bloß mit dieser Verräterin auf!«

Doch Jenny dachte gar nicht daran. »Ich werde erst aufhören, wenn ich die Sache klargestellt habe«, sagte sie in einem Ton, der Berit erstaunt den Kopf heben ließ.

Ihr erbarmungswürdiger Anblick veranlasste Jenny, ihr ein Taschentuch zu reichen. Während sie Berit dabei zusah, wie sie sich damit über ihr tränennasses Gesicht fuhr, überdachte sie ihr weiteres Vorgehen. »Jetzt mal im Ernst«, versuchte es Jenny erneut. »Ich glaube, Sie haben eine völlig falsche Meinung von Leona. Es gibt keinen Grund, ihr zu misstrauen. Ganz im Gegenteil. Sie wollte Ihr Geheimnis nicht ausposaunen. Bestimmt nicht! Es ist ihr einfach so rausgerutscht.«

Auf Berits Gesicht machten sich Zweifel breit. Sie schien mit sich zu ringen. »Und das soll ich Ihnen glauben?«

»Wenn Sie dabei gewesen wären, als Peer Boström und Leona ihretwegen in Streit gerieten, würden Sie diese Frage nicht stellen. Sie hätten Leona mal hören sollen, wie sie sich für Sie eingesetzt hat«, unterstrich Jenny.

Für eine Weile sagte keine von beiden etwas. Berit schien über ihre Worte nachzudenken. »Jetzt wird mir auch klar, weshalb dieser Boström so einsilbig wurde, als ich ihn fragte, warum er mich löchert, statt Leona selbst zu fragen. Er wollte von mir wissen, warum sie bei mir war«, bemerkte Berit.

Mit dieser Erklärung konnte Jenny nichts anfangen. »Tut mir leid, aber ich fürchte, so langsam versteh ich gar nichts mehr. Wann wollte er das denn wissen?«

»Na, gestern Vormittag.«

»Sekunde!« Jenny holte Stift und Notizblock aus ihrer Jackentasche und bat Berit ihr noch einmal alles von Anfang an zu berichten.

»Sie meinen mit Leonas gestrigem Besuch?«

Auf Jennys Nicken hin erzählte Berit noch einmal, was am Tag zuvor passiert war, beginnend mit dem Moment, als Leona unerwartet vor ihrer Haustür stand, über ihr anschließendes Gespräch, das damit endete, dass sie sich das Hochzeitsbild ausgeliehen hatte.

»Und wie ging es dann weiter?«, erkundigte sich Jenny.

»Kurz darauf ist dieser Boström hier aufgetaucht. Ein mehr als unerfreulicher Besuch«, führte Berit aus. »Er hat allerlei Anschuldigungen gegen mich erhoben und wusste davon, dass Enoch nicht Katharinas leiblicher Vater war. Mir war sofort klar, wer ihm das gesteckt haben musste«, meinte sie. »Sie glauben gar nicht, wie peinlich mir das war. Noch dazu vor Olrik. Er …«

»Olrik?«, wurde sie von Jenny unterbrochen, die sich die ganze Zeit über eifrig Notizen gemacht hatte.

»Olrik Bruhns, Enochs Kompagnon.«

Während Jenny sich den Namen notierte, erzählte Berit, dass sie ihn zum Frühstück eingeladen habe. »Als kleines Dankeschön, weil er sich nach Enochs Tod so aufopferungsvoll um Katharina und mich gekümmert hat. Und plötzlich taucht dieser Boström hier auf und unterstellt ihm eine Affäre mit mir. Ich kann gar nicht sagen, wie beschämend das für mich war«, wiederholte sich Berit.

»Wie kam er denn darauf?«

Berits Blick begann zu flackern. »Keine Ahnung. Ich weiß nur, dass Olrik der Vorwurf schwer zu schaffen gemacht hat. Und als ob das nicht peinlich genug gewesen wäre, posaunt dieser Boström auch noch aus, dass Katharina nicht Enochs leibliche Tochter ist. Olrik sah danach aus, als habe ihn der Schlag getroffen. Zum Glück kam in dem Moment gerade Siegbert List vorbei.«

»Siegbert List?«, hakte Jenny begriffsstutzig nach.

»Einer von Enochs ehemaligen Mitschülern.« Es dauerte einen Moment, bis sie diese Information mit ihrem bisherigen Erkenntnisstand in Einklang gebracht hatte. »War dieser Siegbert auch auf dem Klassentreffen?«

Ein Nicken bestätigte ihre Vermutung. »Er kam vorbei, um sich von mir zu verabschieden.« Berit hielt kurz inne. »Vielleicht sollte ich erwähnen, dass Enoch ihn am Abend vor seinem Tod angerufen hat.«

»Gut, dass Sie mich daran erinnern«, bedankte sich Jenny. »Darauf wollte ich nämlich gleich noch zu sprechen kommen.«

»Worauf?«

»Auf den Abend vor dem Tod Ihres Mannes. Ich habe auf Leonas Schreibtisch eine Fernsehzeitung gefunden, die am entsprechenden Datum aufgeschlagen war. »Ich frage mich, was sie damit gewollt haben könnte.« Jenny legte eine kurze Pause ein, bevor sie wie zu sich selbst hinzufügte: »Zumal sie sonst immer so ordentlich ist.« Sie griff nach ihrer Handtasche, um ihr die Zeitschrift zu entnehmen.

Interessiert beugte Berit sich nach vorn. »Darf ich mal sehen?«

Jenny schob die aufgeschlagene Zeitung über den Tisch und Berit überflog das Programm. Sie wirkte konzentriert, als versuche sie einen Zusammenhang zwischen den Fernsehsendungen und ihrer Erinnerung herzustellen.

»Als ich ins Wohnzimmer zu Enoch kam, lief das ›Heute Journal‹. Allerdings wüsste ich nicht, wie uns das weiterbringen könnte.«

Darum bemüht, sich ihre Enttäuschung nicht anmerken zu lassen, zog Jenny die Fernsehzeitung zu sich heran. »Vielleicht sollten wir mal nachschauen, was davor kam.«

Sie hatte den Satz noch nicht ganz ausgesprochen, als ihre Kopfhaut zu kribbeln begann. »Na, wenn das kein Zufall ist …« Statt sich mit Erklärungen aufzuhalten, sprang Jenny auf und sah sich suchend um. »Sie haben doch sicher einen Computer?«

»Einen Computer?«, wiederholte Berit begriffsstutzig. »Was wollen Sie denn mit einem Computer? Und wieso …?«

»Fragen Sie nicht«, schnitt Jenny ihr kurzerhand das Wort ab. »Vertrauen Sie mir einfach.«

Sie warf Berit einen flehentlichen Blick zu. »Es ist wirklich wichtig«, unterstrich sie ihre Bitte. »Falls sich in diesem Haus ein Computer befindet, würde ich ihn gerne benutzen.«

Es dauerte einen Moment, bis Berit reagierte. Schließlich stand sie auf und verließ das Zimmer, um kurz darauf mit einem in die Jahre gekommenen Laptop zurückzukommen.

Wenig später saßen die beiden Frauen nebeneinander auf der Eckbank und starrten auf den Bildschirm. Während sie darauf warteten, dass der Laptop hochfuhr, setzte Jenny zu einer Erklärung an. »Sie haben vorhin das ›Heute Journal‹ erwähnt. Davor«, sie deutete auf die Fernsehzeitung, »lief ›Aktenzeichen XY‹.«

»Ja und?«

»Überlegen Sie doch mal!«

Ihre Worte ließen Berit nach Luft schnappen. »Sie glauben doch nicht etwa, Enoch könnte sich wegen dieser Sendung so seltsam aufgeführt haben?«

»Ach, er hat sich also seltsam aufgeführt?«, hakte Jenny alarmiert nach. »Davon haben Sie mir gar nichts erzählt.«

»Ich hielt es für unwichtig.«

»Ich aber nicht. Ganz im Gegenteil«, meinte Jenny. »Mein Bauchgefühl sagt mir, dass wir auf der richtigen Spur sind. Das werden wir aber nur herausfinden, wenn wir uns die Sendung anschauen.«

Bevor Berit etwas darauf erwidern konnte, öffnete Jenny den Browser und tippte einige Worte in die Tastatur. Sie arbeitete schnell und konzentriert. Ihr Ziel war eine Internetseite, auf der alle bisherigen Folgen von »Aktenzeichen XY« jederzeit verfügbar waren.

»Das hier müsste die Sendung sein«, meinte Jenny und startete die Wiedergabe. Als Sekunden später der Vorspann begann, konnten die beiden Frauen noch nicht ahnen, dass ihre Geduld auf eine harte Probe gestellt werden sollte. Im ersten Bericht ging es um einen Bankraub. Auch im nächsten Beitrag deutete nichts darauf hin, dass Enoch darin involviert sein könnte. Je länger die Sendung lief, umso unruhiger wurde Jenny. Was, wenn ihr Gefühl sie getrogen hatte?

»Kommen wir nun zum letzten Fall des heutigen Abends«, verkündete der Moderator.

In diesem Beitrag ging es um zwei auf den ersten Blick voneinander unabhängige Verbrechen: um einen vor über 25 Jahren verübten Mord an einer jungen Münchnerin, der bis heute nicht aufgeklärt werden konnte, und um einen drei Jahre zurückliegenden Einbruch. Spätestens bei der Rekonstruktion des Einbruchs begriff Jenny, dass sie ihr Bauchgefühl nicht getäuscht hatte. Während sie den Rest der Sendung mit angehaltenem Atem verfolgte, überschlugen sich ihre Gedanken. Was, wenn Enoch einer der beiden Einbrecher gewesen war?

Als hätte Berit ihre Gedanken erraten, hörte Jenny sie neben sich nach Luft schnappen.

»Jetzt wird mir auch klar, warum Leona mich nach München gefragt hat. Und warum …« Statt weiterzureden, schlug Berit die Hand vor den Mund. »Oh mein Gott«, entfuhr es ihr.

Jenny konnte ihr ansehen, dass sie einen Verdacht hatte. »Und warum was?«, beschwor sie sie, ihn auszusprechen.

»List«, krächzte Berit. »Es muss dieser List gewesen sein.«

»Enochs ehemaliger Mitschüler«, vergewisserte Jenny sich mit Blick auf den vor ihr liegenden Notizblock.

»Sind Sie auch ganz sicher?« Sie bemühte sich, das Misstrauen aus ihrer Stimme zu verbannen.

Berit hatte vor Aufregung rote Wangen bekommen. »Es passt alles zusammen. Er war 1988 in Straubing. Er hat uns davon erzählt. Gestern!« Sie schluckte. »Nur dass ich mir da noch nichts dabei gedacht habe. Warum auch?« Ihre Stimme glich einem Reibeisen.

Jennys Gedanken schlugen Purzelbäume. »Wie es aussieht, war Leona uns die ganze Zeit über einen Schritt voraus.« Obwohl sie nicht die zuständige

Ermittlerin war, war diese Erkenntnis trotzdem bitter für sie. »Immerhin wissen wir jetzt, wer unser Mann ist. Wenn meine Hypothese stimmt, dann musste Ihr Mann sterben, weil er List auf die Schliche gekommen ist.«

»Dann gehen Sie also davon aus, dass Enoch der zweite Einbrecher war?«

»Ich wüsste nicht, wie er es sonst herausgefunden haben sollte. Dazu war Täterwissen notwendig. Es muss ein ziemlicher Schock für Ihren Mann gewesen sein, als ihm klar wurde, mit wem er da gemeinsame Sache gemacht hat. Wahrscheinlich hat sich dieser List nach all den Jahren auf der sicheren Seite gewähnt. Als Enoch plötzlich bei ihm anrief und diese Illusion zerstörte, dürfte er ganz schön in Panik geraten sein.« Während sie das sagte, zog Jenny ihr Handy hervor und wählte Peers Nummer.

26

Leona tauchte aus einem wirren Traum auf. Sie fror entsetzlich. Ihr Hals schmerzte und sie hatte schrecklichen Durst. Noch während sie darum kämpfte, den Traum loszuwerden, begriff sie, dass das alles real war. Sie war längst in der Wirklichkeit angekommen. Wie zur Bestätigung fühlte sie einen stechenden Schmerz im Kopf. Sie schluckte. Ihr Hals tat höllisch weh. Als wäre ihre Kehle mit grobem Sandpapier abgeschmirgelt worden. Im ersten Moment war Leona versucht, die Schmerzen auf das quälende Durstgefühl zu schieben, dass ihr seit ihrem Erwachen zusetzte. Doch da war noch etwas anderes. Leona versuchte den Mund zu öffnen, nur um im gleichen Moment festzustellen, dass er zugeklebt war. Danach wollte sie sich mit der Hand an den Hals greifen. Aber ihre Hände ließen sich nicht bewegen. Sie waren gefesselt. Genau wie ihre Beine. Eine Welle der Panik durchflutete ihren Körper.

Was war geschehen? Benommen hob sie den Kopf und sah an sich hinunter. Sie war nicht nackt, wie sie befürchtet hatte, sondern vollständig bekleidet. Doch ihre Kleidung fühlte sich feucht und klebrig an, als hätte sie darin ein unfreiwilliges Bad genommen. Ihre Zähne schlugen aufeinander. Leona hätte nie geglaubt, dass Kälte so wehtun konnte. Sie fror jämmerlich, bis ins Innerste. So sehr, dass sie hätte heulen können. Für Selbstmitleid war jetzt allerdings keine Zeit. Sie versuchte, einen Blick auf ihre Umgebung zu erhaschen. Achtlos übereinandergestapelte Möbelstücke versperrten ihr die Sicht. Leona versuchte, sich aufzurichten, was angesichts ihrer auf dem Rücken gefesselten Hände gar nicht so einfach war. Ihre Arme fühlten sich taub an. Immerhin lag sie schon einige Zeit in dieser unnatürlichen Position auf ihnen. Wenigstens hatte man ihr keine Augenbinde verpasst. Wobei … Ihr Gehirn arbeitete noch immer schwerfällig. Entsprechend lange dauerte es, bis die Erinnerung an Klarheit gewann: Sie hatte in einem fremden Auto gesessen, das auf einer Alleenstraße unterwegs gewesen war. Von beiden Seiten neigten sich Bäume zu ihr herab. Groß und bedrohlich. Draußen stürmte es. Sie hielt nach einer Fluchtmöglichkeit Ausschau. Nur gab es keine. Die Tür zu ihrer Rechten besaß weder einen Griff, um sie von innen öffnen zu können, noch eine Kurbel, mit der sich die Fensterscheibe hätte herunterkurbeln lassen. Aber das war ihr erst aufgefallen, als es ohnehin schon zu spät war. Wie durch einen dichten Nebel hindurch sah sie, wie das Auto in einen Waldweg abbog. Dann hielt es an. Mitten im Unterholz. Leona konnte sich noch ganz genau erinnern, wie sie sich gefühlt hatte. Sie war wie hypnotisiert gewesen vor Angst. »Wieso halten wir hier?« Ihre Stimme hörte sich vor lauter Verzweiflung ganz rau an. Seine Antwort bestand aus einem hämischen Grinsen und führte ihr die Ausweglosigkeit ihrer Situation vor Augen. Es war zu einem erbitterten Kampf gekommen, der damit geendet hatte, dass er sie bis zur Bewusstlosigkeit gewürgt hatte. Filmriss. Sie schluckte. Jetzt wusste sie auch, woher die Schmerzen beim Schlucken kamen. An das, was danach geschehen war, hatte sie keine Erinnerung.

Plötzlich musste sie an Henning denken und daran, was er an ihrer Stelle getan hätte. Die Antwort war so naheliegend wie frustrierend. Hätte sie doch nur auf Peer gehört. Dann könnte sie jetzt zu Hause in ihrem Bett liegen und müsste sich keine Gedanken um ihr Überleben machen.

Aber sie hatte ja unbedingt ihre Nase in Dinge stecken müssen, die sie nichts angingen. Dabei hätte sie doch wissen müssen, wie so etwas endete. Statt auf der Hut zu sein, war sie völlig arglos in seinen Wagen gestiegen. Dabei hatten seine Fragen nur dem Ziel gedient, sie auszuhorchen. Und sie war darauf hereingefallen. Leona verfluchte sich für ihren Leichtsinn, der sie in diese Situation gebracht hatte. Denk nach, ermahnte sie sich. Doch sie schaffte es nicht, auch nur einen einzigen klaren Gedanken zu fassen, geschweige denn eine Antwort auf all die Fragen zu finden, die ihr unentwegt durch den Kopf schwirrten. Wie lange lag sie schon hier? Und wo war sie überhaupt? Soweit sie es überblicken konnte, befand sie sich in einer Art Abstellkammer. Es war dämmrig und roch muffig. Ihr Blick fiel auf das spitz über ihr zusammenlaufende Dach. Das hier war kein gewöhnlicher Raum. Derart schräge Wände gab es nur in Dachkammern oder Finnhütten. Für einen kurzen Moment tauchte eine schemenhafte Erinnerung vor ihrem inneren Auge auf. Aber sie war zu flüchtig, als dass Leona sie hätte greifen können. Konzentrier dich, befahl sie sich. Sie musste hier raus. Und zwar schnell. Er konnte jeden Moment zurückkommen. Und dann gnade ihr Gott.

Der Gedanke an seine Rückkehr verlieh ihr ungeahnte Kräfte. Sie zog und zerrte an ihren Fesseln. Dabei schoss ein höllischer Schmerz durch ihren linken Knöchel. Leona stöhnte. Ihr Atem ging schnell und stoßweise. Nach mehreren Anläufen gelang es ihr, sich über die linke Schulter abzurollen. Nun lag sie auf dem Bauch und kam sich vor wie ein zu groß geratenes Insekt, das sich vergebens darum bemühte, die Kontrolle über seinen Körper zurückzuerlangen. Durch ihre auf dem Rücken zusammengebundenen Hände war das alles andere als einfach. Zumal ihr das Atmen so zur Qual wurde. Sauerstoff, sie brauchte Sauerstoff. Mit bebenden Nasenflügeln rang sie nach Luft. Nach einer Weile ließ das Druckgefühl in ihrer Brust und das Pochen ihres lädierten Knöchels etwas nach. Leona hob den Kopf, um den Raum aus der nunmehr neuen Perspektive zu betrachten. Das Erste, was sie sah, war der Umriss eines Fensters, vor dem ein schäbiger Vorhang hing, dessen ursprünglicher Farbton mit der Zeit in ein undefinierbares Grau übergegangen war. Ein von dämmrigem Licht erhelltes Stück Freiheit. Leona verrenkte sich fast den Hals, in dem Bemühen, nach draußen sehen zu können. Vergebens. Sie hätte noch nicht einmal sagen können, wie spät es war, geschweige denn wo sie sich befand. Sie lauschte angestrengt. Vielleicht drang von draußen ja irgendein Geräusch an ihr Ohr, das ihr half, sich zu orientieren. Doch alles blieb still. Es gab keinerlei Hinweis darauf, dass sie sich in der Nähe der Zivilisation befand. Keine Motorengeräusche, nichts. Einzig das Heulen des Windes, das Rauschen von Blättern und das Zwitschern von Vögeln. Sie kam sich vor wie in einem Wald voller Geräusche. Nur dass es darin keine Menschen gab, die ihr zu Hilfe hätten eilen können. Und selbst wenn jemand dagewesen wäre, hätte er sie nicht hören können, weil man ihr den Mund zugeklebt hatte. Verzweifelt begann sie, ihre Wange am Dielenboden zu reiben.

27

Peer meldete sich schon nach dem ersten Klingeln. »Jenny, das muss Gedankenübertragung gewesen sein«, sagte er. »Ich wollte dich gerade anrufen. Wir haben Leonas Auto gefunden. Es stand auf einem Feldweg.« Nachdem er ihr den genauen Standort genannt hatte, kam er auf einen manipulierten Hinterreifen zu sprechen. Er informierte Jenny, dass trotz intensiver Fahndungsmaßnahmen noch immer kein Hinweis auf Leonas Verbleib vorlag. »Immerhin war das Auto abgeschlossen, was darauf hindeutet, dass sie es nicht fluchtartig verlassen haben kann.« Er hielt kurz inne. »Und was gibt es bei dir Neues?«

Nachdem Jenny geendet hatte, blieb es eine ganze Weile still.

Anscheinend musste Peer die neuen Informationen erst mal verdauen.

Gerade als Jenny sich besorgt danach erkundigen wollte, ob er noch dran sei, fragte er, ob ein Irrtum ausgeschlossen sei.

»List ist unser Mann. Daran besteht nicht der geringste Zweifel.« Jenny bemühte sich, ihrer Stimme einen festen Klang zu verleihen.

»Also gut«, Peer räusperte sich. »Dann werd ich

die Fahndung nach ihm einleiten.« Es klickte in der Leitung.

»Und?«, erkundigte Berit sich erwartungsvoll.

»Man hat Leonas Auto verlassen aufgefunden«, teilte Jenny ihr in knappen Worten mit.

»Weiß man schon ...?«

Jenny schüttelte den Kopf. »Es gibt bislang keine neuen Erkenntnisse«, machte sie Berits aufkeimende Hoffnungen zunichte. »Allerdings auch nichts, was auf ein Verbrechen hindeutet.« Sie sah aus, als wäre ihr gerade noch etwas eingefallen. »Apropos Spur: Sie haben doch sicher die Telefonnummer von diesem Hausfeld oder Hausdorf.«

»Von wem?«, fragte Berit verwundert.

»Keine Sorge. Ich weiß, dass er Ihr Schwager ist«, sagte Jenny, um die Sache abzukürzen.

»Mein was?« Berit starrte sie mit offenem Mund an.

Sie ist völlig ahnungslos, durchfuhr es Jenny. »Tut mir leid. Ich ... ich wollte nicht, dass Sie es auf diese Weise erfahren«, setzte sie zu einer Entschuldigung an. »Ich dachte, Leona ...«

Berit schnappte nach Luft. »Was hat Leona denn damit zu tun?«

»Sie hat herausgefunden, dass dieser, dieser ...«

»Hausmann«, flüsterte Berit.

Jenny nickte ihr dankbar zu. »Genau, dass dieser Hausmann und Ihr Mann Brüder waren.«

Aus Berits Mund drang ein seltsames Zischen, das sich anhörte, als würde Luft aus einem Ballon entweichen. »Wie kommt sie denn darauf?« Ihr Gesicht war aschfahl. Jenny musterte sie besorgt.

»Erinnern Sie sich an das Hochzeitsfoto, das Sie Leona ausgeliehen haben?«

»Ja, aber …«

»Als Leona das Bild gesehen hat«, fuhr Jenny ungeachtet ihres Einwandes fort, »ist es ihr wie Schuppen von den Augen gefallen. Diese Ähnlichkeit«, unterstrich sie ihre Ausführungen. »Leona war felsenfest davon überzeugt, dass das kein Zufall sein konnte. Deshalb hat sie sich das Bild auch ausgeliehen. Um Hausmann damit zu konfrontieren.«

Man konnte Berit ansehen, wie es hinter ihrer Stirn arbeitete. »Und jetzt wollen Sie Hausmann anrufen, um herauszufinden, ob …?« Sie brach ab und schluckte.

»… ob Leona sich mit ihm in Verbindung gesetzt hat. Ganz recht.« Jenny nickte. »Vielleicht weiß er ja, wo sie abgeblieben sein könnte.«

»Seine Nummer steht dort drüben«, meinte Berit und deutete auf die Pinnwand. Sie erhob sich und ging zur Anrichte hinüber. Wobei »gehen« der falsche Ausdruck war. Es war mehr ein Hinüberwanken. Auf ihrer Stirn standen Schweißperlen und ihre Haut war aschfahl. Jenny fand, sie sah aus, als würde sie kurz vor einer Ohnmacht stehen. Sie hatte den Gedanken noch nicht zu Ende gedacht, als Berit sich an die Brust griff und keuchend in die Knie sackte. Das Ganze passierte so schnell, dass Jenny nicht rechtzeitig reagieren konnte. Sie war erst bei ihr, als sie schon bewusstlos auf dem Boden lag. Berits Atem ging schnell und flach. Sie braucht einen Arzt, durchfuhr es Jenny. Gerade als sie mit ihrem Handy einen Notruf absetzen wollte, schlug Berit die Augen auf. Für einen Moment wirkte sie völlig orientierungslos. Doch dann sah sie Jenny an. Und mit ihrem Anblick kam auch die Erinnerung zurück.

»Ich kann es einfach nicht glauben«, schluchzte sie. »All die Jahre, in denen Gundula …«, weiter kam sie nicht.

Jenny, die ihre Verzweiflung spürte, musste an das Tagebuch denken. An all den Kummer und das Leid, das Gundula Zwill wiederfahren war. Während sie ihr behutsam auf die Eckbank half, verzerrte sich Berits Gesicht, und sie erlitt einen Weinkrampf. Es dauerte eine ganze Weile, bis sie sich davon erholt hatte. Jenny konnte nichts weiter tun, als ihr den Arm um die Schulter zu legen und abzuwarten. Allmählich versiegten Berits Tränen. Aber sie war noch immer leichenblass. Jenny stand auf, um ihr ein Glas Wasser zu holen. Als sie es vor ihr abstellte, erkundigte sie sich nach ihrem Hausarzt.

»Ich brauche keinen Arzt«, wehrte Berit mit einer müden Handbewegung ab.

Doch Jenny blieb unerbittlich. »Sie hatten einen Schwächeanfall. Damit ist nicht zu spaßen.«

Nachdem es ihr gelungen war, sie davon zu überzeugen, sich auf die Couch im Wohnzimmer zu legen, verständigte Jenny den Hausarzt. Sie hatte nicht eher Ruhe gegeben, bis sie seine Nummer in Erfahrung gebracht hatte. Berit sah noch immer ganz mitgenommen und blass aus. Jenny wollte nicht riskieren, dass sie ihr ein weiteres Mal umkippte. Das eine Mal reichte völlig.

Nachdem der Arzt ihr ein Kreislaufmittel verabreicht hatte, dämmerte Berit auf der Couch vor sich hin. Leise stahl Jenny sich hinaus. Sie hatte versprochen, in Reichweite zu bleiben, dabei hasste sie nichts mehr, als zur Untätigkeit verdammt zu sein. Wenigstens wusste sie, wo Hausmanns Telefonnummer zu finden war.

Er meldete sich beim ersten Klingeln. »Es geht um Leona Pirell. Sie ist verschwunden«, eröffnete ihm Jenny, nachdem sie sich vorgestellt hatte. »Wann hatten Sie zum letzten Mal Kontakt mit ihr?«

»Gestern Abend.« Hausmann schluckte. »Wir waren miteinander in Stralsund verabredet.« Er nannte ihr den Namen der Gaststätte.

»Wissen Sie noch, wie spät es war, als sie sich voneinander verabschiedet haben?«

»Das muss so gegen halb zehn gewesen sein.«

Jenny notierte sich die Uhrzeit. »Hat Leona etwas davon erwähnt, dass sie sich danach noch mit jemand anderem treffen wollte?«

»Soviel ich weiß, wollte sie gleich nach Hause fahren.«

»Und Sie?«

»Ich auch.«

»Kann das jemand bezeugen?«

»Ich wüsste nicht wer.« Es folgte eine kurze Pause. »Glauben Sie, ihr könnte etwas passiert sein?« Hausmanns anfängliche Verwunderung war Besorgnis gewichen.

»Keine Ahnung. Sie ist letzte Nacht nicht nach Hause gekommen und geht nicht an ihr Handy.« Dass man ihr Auto verlassen auf einem Feldweg gefunden hatte, verschwieg Jenny ihm wohlweißlich.

Stattdessen kam sie noch einmal auf die Verabredung von Leona mit Hausmann zu sprechen. »Es gab doch sicher einen Grund dafür, dass sie sich mit Ihnen treffen wollte.«

»Ich wüsste nicht, was …«

»Das zu entscheiden, sollten Sie besser mir überlassen. Immerhin ist Leona verschwunden. Wir müssen davon ausgehen, dass ihr etwas zugestoßen ist. In dieser Situation sind Vorbehalte fehl am Platz. Es sei denn, Leonas Schicksal lässt Sie kalt.«

»So war das natürlich nicht gemeint«, beeilte Hausmann sich zu versichern. »Es ging um meine Herkunft«, sagte er mit belegter Stimme. »Darum, dass meine leiblichen Eltern gar nicht meine leiblichen Eltern sind.«

Mehr musste Jenny nicht wissen. »Dann hat sie Ihnen also von Enoch erzählt.« Das war keine Frage, sondern eine Feststellung.

»Stimmt«, pflichtete Hausmann ihr überrascht bei. »Sie … Nun … Sie hat mir ein Bild von ihm gezeigt.«

Das war Jennys Stichwort. »Apropos Bild, ich bin gerade bei seiner Frau, soll ich ihr etwas von Ihnen ausrichten?«

Obwohl sie meilenweit voneinander entfernt waren, konnte Jenny sein Zögern spüren.

»Kann ich kurz mit ihr sprechen?« Es war Hausmann anzuhören, dass es ihm nicht leichtfiel, sie darum zu bitten.

»Das ist gerade etwas unpassend. Sie … sie hatte einen Schwächeanfall«, gestand Jenny. »Ich richte ihr aber gerne aus, dass Sie sie sprechen wollten.« Damit war alles gesagt und Jenny legte auf.

Die nächsten Stunden verbrachte Jenny damit, hin und wieder nach Berit zu schauen, die friedlich schlummernd auf der Couch lag. Am liebsten wäre sie zu Peer aufs Revier gefahren, um ihn bei der Suche nach Leona zu unterstützen, stattdessen musste sie unverrichteter Dinge dabei zusehen, wie ihnen die Zeit davonlief.

In ihre Gedanken hinein klingelte ihr Handy. Es war Peer. »Es geht um List«, meldete er sich. »Ich habe gerade mit Straubing telefoniert. Wie es aussieht, ist er doch nicht unser Mann.«

Es dauerte einen Moment, bis Jenny begriff. »Aber wieso …?«

»Als die Kollegen in seiner Kanzlei bei München ankamen, um ihn zu befragen, war List gerade in einer Besprechung und wenig erfreut über die Unterbrechung. Er gab an, gestern Abend noch auf der Geburtstagsfeier eines befreundeten Anwalts gewesen zu sein«, hörte Jenny ihn sagen. »Ich lasse das gerade überprüfen. Sollte sich herausstellen, dass er tatsächlich auf dieser Feier war …«

»… kann er unmöglich unser Mann sein«, ergänzte Jenny. Anschließend kam sie auf ihr Gespräch mit Dr. Hausmann zu sprechen. »Er und Leona waren gestern Abend in Stralsund verabredet«, begann sie in kurzen, präzisen Sätzen zu schildern, was sie in Erfahrung gebracht hatte. »Hausmanns Angaben zufolge haben sie sich gegen 21.30 Uhr voneinander verabschiedet.«

Peer seufzte. Es war ein Seufzer, der aus tiefstem Herzen kam und in dem sich das ganze Ausmaß seiner Verzweiflung widerspiegelte. »Was bedeutet, dass wir wieder mal ganz von vorn anfangen können.«

Bevor Jenny etwas darauf erwidern konnte, bat Peer sie, einen Moment in der Leitung zu bleiben. »Was gibt es?«, hörte sie ihn hinter vorgehaltener Hand fragen. Obwohl Jenny angestrengt lauschte, gelang es ihr nicht, etwas von der im Hintergrund geführten Diskussion zu verstehen. Ihre Geduld wurde auf eine harte

Probe gestellt. Gerade als sie auflegen wollte, meldete sich Peer zurück.

»Da bin ich wieder. Tut mir leid, dass du so lange warten musstest«, entschuldigte er sich aufgekratzt, »aber dafür habe ich, oder besser gesagt meine Kollegen, soeben eine sensationelle Entdeckung gemacht.«

28

Etwa zur selben Zeit, als dieses Gespräch stattfand, trafen Alfons Küster und seine Frau Elisabeth in Gager ein. Als sie aus ihrem Polo ausstiegen, den sie in der Nähe des Hafens abgestellt hatten, traf sie die unangenehme Kälte mit voller Wucht. Der Wind blies kalt landeinwärts. Sie kuschelten sich in ihre Outdoorjacken und zogen den Kopf zwischen die Schultern. Dann holten sie ihre Rucksäcke aus dem Kofferraum und machten sich auf den Weg.

Seit sie Rügen vor über einem halben Jahrhundert für sich entdeckt hatten, verging kein Jahr, in dem sie nicht wenigstens ein paar Tage auf Mönchgut verbrachten. Begonnen hatte alles in den 80ern. Mit einem FDGB-Platz in Göhren. Damals war ein Ostseeurlaub noch etwas Besonderes gewesen. Kein Wunder, dass die herrliche Boddenlandschaft mit ihren weiten Buchten und den schmalen Landzungen die beiden Vogtländer von Anfang an in ihren Bann gezogen und seither nicht mehr losgelassen hatte.

Inzwischen hatten sie den Hafen erreicht, der an diesem Morgen wie ausgestorben dalag. Elisabeths Gedanken eilten dem Sommer entgegen, wo die Fahrgastschiffe der Boddenreederei nach Peenemünde auf der Insel Usedom übersetzten und man zu abendlichen Boddenfahrten starten konnte. Ein Angebot, das sie schon mehrfach für sich in Anspruch genommen hatten. Im Moment war es dafür leider noch zu früh, schließlich war noch keine Saison. Von Hochsommer ganz zu schweigen.

Für eine Weile beobachteten sie die Möwen, die auf der Suche nach Nahrung über ihren Köpfen kreisten. Nachdem Elisabeth damit begonnen hatte, sie mit ein paar vom Frühstück übrig gebliebenen Brotkrumen zu füttern, wurden es immer mehr. Ein ganzer Schwarm, der sich erst auflöste, als die beiden aufbrachen. Sie wollten durch die Zicker Berge – oder auch Alpen, wie die Einheimischen sie liebevoll nannten – wandern. Für Alfons und Elisabeth war diese Tour immer wieder ein Erlebnis der besonderen Art, deshalb war sie seit Jahren fester Bestandteil ihres Rügenurlaubs. Mittlerweile kannten sie hier jeden Busch und jeden Strauch. Trotzdem war es für die beiden jedes Jahr aufs Neue faszinierend, die Insel im Wandel der Jahreszeiten zu erleben. Das momentane Wetter war alles andere als ideal für einen Spaziergang. Das Sturmtief, das mit einer Windstärke von sieben bis acht in der Nacht über Rügen hinweggezogen war, hatte für jede Menge entwurzelte und umgeknickte Bäume gesorgt. Kein Wunder, dass sie sich die halbe Nacht schlaflos im Bett gewälzt hatten.

Nach ein paar Metern ging die aus dem Ort herausführende Pflasterstraße in einen Sandweg über, der sich zu Beginn des Naturschutzgebietes zu einem Pfad hin verjüngte. Während der Weg unmerklich an Höhe gewann, drang nichts als das Rauschen des Wassers und das Brausen des Windes an ihre Ohren. Entlang duftender Kräuterwiesen, die von blökenden Schafen besiedelt waren, hielten sie auf einen am Steilufer entlangführenden Pfad zu. Plötzlich verlangsamte Alfons seine Schritte. »Ich fass es nicht«, empörte er sich angesichts der Hinweistafel, die wegen des drohenden Küstenabbruchs vor dem Betreten des durch den Wald führenden Wanderweges warnte. Um die Warnung zu bekräftigen, hatte man den Zugang mit Gestrüpp unzugänglich gemacht.

Wollte man sie so etwa dazu bringen, den als offizielle Wanderstrecke ausgewiesenen Weg durch die Wiesen einzuschlagen? »Das ist doch lachhaft!« Der Blick, den Alfons seiner Frau dabei zuwarf, verdeutlichte, dass er nicht gewillt war, sich davon abschrecken zu lassen. Sie waren hier schon so oft entlanggewandert, ohne dass etwas passiert wäre. Warum sollte sich daran ausgerechnet heute etwas ändern.

Nach einer Weile hatten sie das Zicker Höft und damit den westlichen Teil der Halbinsel erreicht. Der am Hochufer steil ansteigende Weg gab den Blick auf die offene See preis. »Lass und hier rasten«, schlug Elisabeth vor. Sie wirkte erschöpft, genau wie Alfons, auch wenn er das nie zugegeben hätte. Sie waren eben keine 20 mehr.

Nachdem Alfons zustimmend genickt hatte, entnahm Elisabeth ihrem Rucksack eine karierte Decke und legte sie in eine windgeschützte Kuhle zwischen den Sanddünen. Dann holte sie zwei Becher und eine Thermoskanne hervor. Der Kaffee darin war heiß und stark und würde ihre Lebensgeister wecken. Während Elisabeth ihnen einschenkte, holte Alfons seinen Feldstecher aus dem Rucksack. Von ihrem Platz aus sah Elisabeth ihm dabei zu, wie er das Gelände in Augenschein nahm.

»Was ist das denn?«, rief er verwundert aus und winkte seine Frau zu sich heran. »Schau doch mal«, meinte er und zeigte auf ein seitwärts auf dem Meer treibendes Boot.

29

Mit lautem Poltern landete Jennys Handy auf den Bodenfliesen. Als sie sich danach bückte, ging die Küchentür auf und Berit kam herein. Sie sah verschlafen aus. Ihre Augen waren noch immer gerötet. »Was ist denn los? Was ist passiert?«

»Nichts, mir ist nur mein Handy heruntergefallen«, log Jenny.

Doch Berit ließ sich nicht täuschen. »Sie sehen aus, als wäre Ihnen gerade der Leibhaftige begegnet.«

»Der Leibhaftige nicht, aber …« Sie suchte nach einer passenden Umschreibung.

»Aber?«, hakte Berit nach, der die Ruhepause erstaunlich gutgetan hatte.

Schulterzuckend steckte Jenny ihr Handy ein und nahm auf der Eckbank Platz. »Wollen Sie sich nicht zu mir setzen?«

Berit wirkte alarmiert. »So schlimm?«, vergewisserte sie sich.

»Noch viel schlimmer.«

Jenny bemerkte, wie Berit sich verkrampfte. »Na, dann schießen Sie mal los«, sagte sie und zog sich einen Stuhl heran.

»Ich weiß nicht, ob das eine so gute Idee ist.«

»Keine Angst«, entgegnete Berit tapfer. »Sie müssen mich nicht wie ein rohes Ei behandeln.«

»Also gut«, gab Jenny sich einen Ruck. »Peer …«, begann sie, verstummte aber gleich wieder, als sie Berit schon bei der bloßen Nennung seines Namens in Abwehrhaltung gehen sah. »Es gibt da etwas …«

»Geht es um List?«

Jenny nickte.

»Dann hat man ihn also ausfindig machen können?«

»Er war gestern Abend auf einer Geburtstagsfeier.« Jenny machte eine Pause, damit Berit die Worte sacken lassen konnte.

»Und Leona?«

»Von der gibt es noch immer keine Spur.«

Es dauerte einen Moment, bis Berit begriff. »Ja, aber …« Sie brach ab und sah Jenny Hilfe suchend an. »Nun lassen Sie sich doch nicht jedes Wort aus der Nase ziehen.«

»Peer«, sagte Jenny, »er hat herausgefunden, dass …«

»Dass was?«, drängte Berit.

»Dass List nicht unser einziger Tatverdächtiger für den Mord in München ist«, meinte sie.

»Es gibt da noch jemanden.«

»Wer?«

Jenny holte geräuschvoll Luft. »Olrik Bruhns.«

Berit starrte sie mit offenem Mund an. »Olrik?« Sie schüttelte den Kopf. »Das muss ein Irrtum sein. Ich meine, wie …?«

»Soviel ich weiß, hat er Anfang 1988 einen Ausreiseantrag gestellt, der noch im Sommer desselben Jahres bewilligt wurde. Das bedeutet, dass er …«

»Oh mein Gott«, stöhnte Berit auf und schlug die Hände vors Gesicht.

Jenny musterte sie besorgt.

»Keine Sorge. Es geht mir gut. Ich muss nur erst mal damit klarkommen, dass …«, statt weiterzusprechen, fuhr sie sich mit einer hektischen Geste über ihr von roten Flecken überzogenes Gesicht. Auf ihrer Stirn hatte sich eine steile Falte gebildet. »Wie haben Sie es herausgefunden?«

»Das ist Peers Verdienst. Es war seine Idee, Enochs ehemalige Klassenkameraden zu durchleuchten«, konnte Jenny sich nicht verkneifen zu sagen.

»Hat man Olrik schon geschnappt?«

»Bis jetzt noch nicht. Die Suche nach ihm ist gerade erst angelaufen. Peer hat versprochen, mich auf dem Laufenden zu halten.« Sie musterte Berit nachdenklich. »Sie kennen Bruhns doch.«

Berits Augen verengten sich zu schmalen Schlitzen. »Was soll das heißen? Glauben Sie etwa …?«

»Das soll gar nichts heißen«, stellte Jenny klar. »Ich dachte nur, Sie hätten vielleicht eine Idee, wohin er Leona gebracht haben könnte. Irgendein Versteck«, unterstrich sie ihre Ausführungen, »von dem ein Außenstehender keine Ahnung hat.«

Während Berit angestrengt nachdachte, klingelte es an der Haustür.

»Ich geh schon«, sagte Jenny und sprang auf.

Kurz darauf kam sie in Peers Begleitung zurück. Seine Wangen waren von einem rosigen Schimmer überzogen. Er wirkte aufgekratzt. »Ich bin gerade auf dem Weg nach Gager«, sprudelte es aus ihm heraus. »Da dachte ich, ich schau mal vorbei.« Er schenkte Berit ein zaghaftes Lächeln. »Wie geht es Ihnen?«

»Gut. Ich …« Sie räusperte sich. »Hat man Bruhns schon gefunden?«

Peer schüttelte den Kopf. »Dafür haben Urlauber ein leckgeschlagenes Fischerboot gesichtet. Eine Halterabfrage hat ergeben, dass es auf Bruhns zugelassen ist.«

Berit nickte. Ihre Augen waren glasig. »Das stimmt. Olrik besitzt ein kleines Fischerboot. Es liegt im Hafen von Gager.« Peer sah, wie sich ihre Stirn umwölkte. »Aber was heißt leckgeschlagen?«

»Dass es im Rumpfbereich beschädigt ist. Ich nehme an, dass es bei dem Sturm heute Nacht passiert ist.«

»So viel Leichtsinn hätte ich Olrik gar nicht zugetraut.« Berit stockte. Anscheinend war ihr gerade aufgegangen, dass sie weit weniger von ihm wusste, als sie geglaubt hatte. Er hatte sie nur das sehen lassen, was er wollte. Von wegen hilfsbereit und aufopferungsvoll!

In Wirklichkeit war das nur ein Vorwand gewesen, um sich nach dem Stand der Ermittlungen zu erkundigen. Und sie war darauf hereingefallen. Die Vorstellung war so niederschmetternd, dass sie sie ganz schnell zu verdrängen suchte. »Wo hat man das Boot denn gefunden?«

»In der Nähe des Zicker Höft.«

Jennys Kopf schoss in die Höhe. »Hat man …?« Sie ließ den Satz unvollendet.

Peer wusste auch so, worauf sie anspielte. »Das Boot war leer«, sagte er mit belegter Stimme. »Taucher sind schon unterwegs, und das Ufer wird abgesucht. Das volle Programm«, unterstrich er seine Worte.

»Dann hältst du es also für möglich, dass sie bei dem Sturm heute Nacht über Bord gegangen sein könnten?«

Peer zuckte die Schultern.

»Am Zicker Höft«, wiederholte Berit nachdenklich. Der Name schien etwas in ihr ausgelöst zu haben.

»Wenn Sie …?« Weiter kam Peer nicht.

»Kann sein, dass ich weiß, wo Leona ist.« Berit stand auf und ging zur Garderobe. »Ich hol nur schnell meine Jacke.«

30

Eine Viertelstunde später befanden sie sich auf einem Boot der Küstenwache.

Peer stand an Bord und suchte angespannt mit einem Feldstecher das Meer ab. Er wirkte um Jahre gealtert.

Bruhns leckgeschlagenes Holzruderboot schaukelte wie eine Nussschale auf den Wellen. Wenn man genau hinsah, konnte man das mit weißer Schrift aufgebrachte Kennzeichen erkennen: GAG 08. »Das ist es«, bestätigte Berit. »Das ist Olriks Boot.«

Peer zog sein Handy hervor und begann zu wählen. »Wie sieht es aus?«, erkundigte er sich, sobald eine Verbindung zustande gekommen war. »Was ist mit den Tauchern? Haben sie schon etwas gefunden?« Er lauschte angestrengt. »Nur die Jacke?« In seinem Gesicht rangen Erleichterung und Enttäuschung miteinander. »Gut.« Er seufzte. »Veranlassen Sie, dass das Ufer abgesucht wird. Überall! Das volle Programm. Haben wir uns verstanden?« Er legte auf.

»Man hat Bruhns Jacke gefunden. Sie enthielt seinen Führerschein«, erklärte er mit versteinerter Miene. »Von ihm selbst fehlt bislang jede Spur. Genau wie von Leona.« Er schluckte. »Apropos Spur«, meinte er an

Berit gewandt. »Was glauben Sie, wohin Bruhns sie gebracht haben könnte?«

Statt etwas darauf zu erwidern, hob Berit den Arm und wies mit der Hand in Richtung Steilküste.

Peers skeptische Miene ließ sie mit fester Stimme hinzufügen: »Wir müssen zum Weststrand.«

Nachdem sich Peer kurz mit dem Kapitän besprochen hatte, wurde ein Beiboot zu Wasser gelassen.

Sobald sie wieder festen Boden unter den Füßen hatten, setzte Berit sich in Bewegung. Sie wirkte wie aufgezogen. »Kommen Sie, wir dürfen keine Zeit verlieren«, trieb sie Peer und Jenny an, ihr über die vom Strand nach oben führende Treppe zu folgen.

31

Leona schrak zusammen. Was war das? Sie lauschte angestrengt. Hatte da jemand ihren Namen gerufen? Da, jetzt hörte sie es wieder. Es war eine weibliche Stimme. Berit! Vor Erleichterung wurde ihr ganz schwindlig. »Hier, ich bin hier!«, wollte sie antworten. Doch aus ihrer Kehle drang bloß ein heißeres Krächzen.

Es war ihr gelungen, ihren Mund von dem Klebeband zu befreien. Sie hatte ihr Gesicht so lange am Dielenboden gerieben, bis es sich gelöst hatte. Dafür war ihre Wange jetzt mit Abschürfungen und Blutergüssen übersät. Doch das war Leona egal. Hauptsache, sie konnte wieder frei atmen.

Mit einmal war die Stimme ganz nahe. Leona vernahm Schritte. Kurz darauf warf sich jemand mit voller Wucht gegen die Tür. »Weg da!« Das war unverkennbar Peer.

»Ich bin hier«, krächzte Leona so laut sie nur konnte. Doch ihre Worte verhallten ungehört. Stattdessen gab es einen mörderischen Knall, als Peer erneut gegen die Tür anstürmte. Leona hörte Holz splittern. Gleich darauf stürzte Peer herein, dicht gefolgt von zwei Frauen. Leona konnte ihre Konturen im Halbschatten des Raumes ausmachen. Sie blinzelte angestrengt, und langsam erkannte sie Berit und Jenny. Erleichtert schloss sie die Augen und stieß einen tiefen Seufzer aus.

Als sie sie wieder öffnete, kniete Peer neben ihr. Auch er wirkte unendlich froh, sie zu sehen. Auf seinem Gesicht lag ein Ausdruck, den Leona nicht zu deuten wusste. Bevor sie sich darüber klar werden konnte, nahm Peer ihr Gesicht in seine Hände und bedeckte es mit Küssen. »Gott sei Dank ist dir nichts passiert«, stammelte er unter Tränen. Einen Moment lang war Leona wie erstarrt. Dann versuchte sie, etwas zu sagen.

Doch Jenny kam ihr zuvor. Leona sah, wie sie Peer an den Schultern packte und von ihr fortriss. »Sag mal spinnst du?«, zischte sie ihn an.

An das, was danach geschah, konnte Leona sich im Nachhinein nur undeutlich erinnern. Irgendjemand hatte nach einem Arzt verlangt und sie von ihren Fesseln befreit. Anschließend hatte man sie auf eine Trage gelegt und zu einem in der Nähe wartenden Hubschrauber gebracht.

32

Leona fühlte sich seltsam schwerelos. Als wäre sie aus einem tiefen, traumlosen Schlaf erwacht, was in gewisser Weise ja sogar stimmte. Doch dann kam die Erinnerung zurück und mit ihr der Schmerz. Wo war sie? Das Letzte, was sie bewusst wahrgenommen hatte, war das Geräusch von Rotorblättern. Leona versuchte, die Augen zu öffnen. Sie lag in einem Krankenzimmer. Fahles Tageslicht fiel durch die geöffneten Lamellen der Jalousie. Neben ihrem Bett saß Jenny. Es dauerte einen Moment, bis sie in den verschwommenen Konturen das lächelnde Gesicht ihrer Freundin erkannte.

»Du bist gerade aus der Narkose aufgewacht«, sagte Jenny. »Dein Knöchel. Du hast dir eine Sprunggelenksfraktur zugezogen, die operiert werden musste.«

Eine kühle Hand legte sich auf ihre Stirn. »Wie fühlst du dich?«

»Ich weiß nicht. Ich bin müde. Mein Kopf tut weh. Und mein Hals«, krächzte sie.

Jenny musterte sie mitfühlend.

Leonas linke Gesichtshälfte war von einem Mullverband verdeckt, und quer über ihren Hals verlief ein violett verfärbtes Würgemal. Ihre Handgelenke waren bandagiert. Sie wirkte blass und benommen.

Nach allem, was sie durchgemacht hatte, war das auch kein Wunder.

Jenny versuchte, ihre Betroffenheit hinter einem tapferen Lächeln zu verbergen. »Willst du darüber reden?«, erkundigte sie sich vorsichtig.

Leona schloss die Augen und schluckte. »Keine Ahnung, welcher Teufel mich geritten hat, zu ihm ins Auto zu steigen«, kam sie auf ihre Entführung zu sprechen. Ihre Sätze waren wirr und unzusammenhängend. Schließlich war sie gerade erst aus der Narkose erwacht. »Das Letzte, woran ich mich erinnern kann«, murmelte sie undeutlich, »war, dass er mich gewürgt hat. Was danach passiert ist, weiß ich nicht. Ich hab ja nicht mal mitbekommen, dass mein Fuß …« Sie schluckte. »Das ist mir erst später aufgefallen. Als ich in diesem, diesem …«, stammelte sie und sah ihre Freundin Hilfe suchend an.

»Du warst in einer Finnhütte«, klärte Jenny sie auf.

»In einer Finnhütte?«

»Im Nonnenloch.«

Leona runzelte die Stirn. »Ja, aber …«

»Wir gehen davon aus, dass Bruhns dich in seinem Boot dorthin gebracht hat. Es muss ganz schön anstrengend gewesen sein, dich die steilen Treppenstufen bis nach oben zu tragen. Außerdem musste er danach ja auch wieder zurück, und das bei dem Wetter. Wahrscheinlich hat es ihm am Ende einfach an der nötigen Kraft gefehlt, sich von seinem leckgeschlagenen Boot aus in Sicherheit zu bringen«, spekulierte Jenny.

»Heißt das, ihr habt seine Leiche gefunden?«

»Bis jetzt ist bloß seine Jacke aufgetaucht.«

Leona sah sie verunsichert an. »Nur die Jacke?«

»Keine Sorge. Die Polizei ist pausenlos im Einsatz. Sie suchen das ganze Gebiet ab. Überall.«

Leona seufzte kaum hörbar.

»Wir finden ihn, wir finden seine Leiche«, versicherte Jenny ihr.

Leona sah aus dem Fenster, an dem gerade ein Schwarm Möwen vorbeiflog. »Und wenn nicht?«

»Mach dir darüber keine Gedanken. Du bist in Sicherheit«, flüsterte Jenny und streichelte ihre Hand. Sie fühlte sich kalt an.

Leona schloss die Augen, um besser nachdenken zu können. »Du sagst, sein Boot ist leckgeschlagen. Was, wenn er das Boot absichtlich beschädigt hat? Damit ihr glaubt, er sei bei dem Sturm über Bord gegangen und ertrunken«, gab sie zu bedenken.

»Keine Sorge, wir tun alles in unserer Macht stehende, um ihn zu finden«, wiederholte sich Jenny. Was hätte sie auch anderes sagen sollen.

»Apropos finden«, kam Leona auf Bruhns zurück. »Wie habt ihr mich überhaupt in dieser Hütte aufgespürt?«

»Das ist Berits Verdienst. Ich soll dich übrigens ganz lieb von ihr grüßen.«

Leona errötete unter ihrem Mullverband. »Dann ist sie also nicht mehr böse auf mich?«

»Weshalb sollte sie böse auf dich sein?«

»Weil ich ihr Vertrauen missbraucht habe«, bekannte Leona angesichts all der vielen Halbwahrheiten und Lügen, die sie ihr aufgetischt hatte.

»Darüber brauchst du dir keine Gedanken zu machen«, winkte Jenny ab.

»Soll das etwa heißen, sie weiß Bescheid?«, fragte Leona verunsichert.

Jenny nickte. »Das hat sich leider nicht vermeiden lassen.«

Leona schluckte. »Und, wie hat sie es aufgenommen?«

»Meinst du, dass Hausmann ihr Schwager ist oder dass du ihr verschwiegen hast, dass du mit Peer befreundet bist?«

»Beides«, entgegnete Leona mit einem tiefen Seufzer.

»Ich denke, sie wird darüber wegkommen.« Das Lächeln, das Jenny ihren Worten folgen ließ, betonte ihre Grübchen. »Soviel ich weiß, ist zwischen ihr und Hausmann sogar schon ein Treffen geplant. Ich bin sicher, die zwei werden sich eine Menge zu erzählen haben. Genau wie ihr beide.« Sie zwinkerte ihr verschmitzt zu. »Sie weiß übrigens, dass du Rechtsmedizinerin bist.«

»Oh je«, seufzte Leona, »auch das noch.«

Ein zaghaftes Klopfen ließ sie verstummen. Gleich darauf öffnete sich die Tür und Peer kam herein. Er schob ein Blumengesteck vor sich her, das so groß war, dass es fast seinen ganzen Oberkörper verdeckte.

Jenny verdrehte die Augen und stand auf. »Dann werd ich jetzt mal besser gehen.« Sie war schon an der Tür, als sie sich noch einmal zu Peer umdrehte. »Ich hoffe, du weißt, was du tust.« Der Blick, den sie ihm dabei zuwarf, ließ ihn wie einen Schuljungen erröten.

»Keine Sorge«, beeilte er sich mit einem schiefen Grinsen zu versichern.

»Na dann.« Jenny hob kurz die Hand. Gleich darauf war sie verschwunden.

»Das ist aber lieb von dir«, meinte Leona mit Blick auf das üppige Blumengesteck, das Peer inzwischen auf dem Fensterbrett abgestellt hatte.

»Freut mich, wenn es dir gefällt.« Verlegen zog Peer sich einen Stuhl heran und nahm Platz. »Wie geht es dir?«

»Könnte besser gehen.« Leona schluckte. »Gibt es schon etwas Neues?«

Peer schüttelte den Kopf. »Mach dir keine Sorgen. Wir finden Bruhns, wir finden seine Leiche«, fügte er schnell hinzu.

»Das hat Jenny auch gesagt.«

Peer schwieg. Was hätte er auch antworten sollen.

»Warum hast du bloß nichts gesagt?« Er bemühte

sich, den vorwurfsvollen Unterton aus seiner Stimme zu verbannen.

»Wollte ich ja, aber dann …«

»Dann kam ich und …« Er sah beschämt zu Boden. »Es tut mir leid.« Sein Tonfall ließ auf ehrliches Bedauern schließen. »Dabei wollte ich doch nur verhindern, dass …«

Leona legte ihren Finger an seine Lippen. »Scht«, flüsterte sie. »Lass uns nicht mehr darüber sprechen, versprochen?«

»Versprochen.« Peer griff nach ihrer Hand. »Apropos Versprechen. Ich möchte mich für mein Verhalten entschuldigen.«

»Aber das hast du doch soeben.«

Peer schüttelte den Kopf. Leona konnte sich nicht daran erinnern, ihn jemals so unsicher und verletzlich gesehen zu haben.

»Gestern«, setzte er an, »als wir dich gefunden haben. Keine Ahnung, was mich da geritten hat …« Leona sah ihn errötend auf seinem Stuhl hin und her rutschen. »Ich wollte nicht, dass du …«

»Du musst dich nicht rechtfertigen. Du warst erleichtert, da kann es schon mal passieren, dass einem die Nerven durchgehen.«

Peer atmete befreit auf. »Stimmt«, sagte er, obwohl er genau wusste, dass sich in Wahrheit jede Faser seines Körpers nach ihr verzehrt hatte. Doch das würde er nie zugeben, schon wegen Marlies nicht.

Er gab sich einen Ruck. »Dann wirst du Marlies also nichts davon sagen?«

»Warum sollte ich?« Damit war die Sache für Leona erledigt. Sie schloss die Augen.

»Versuch ein wenig zu schlafen«, sagte Peer. »Ich komme später noch mal vorbei.«

Leona verkrampfte sich. »Warum?«

»Es gibt da noch ein paar Fragen.«

»Die kann ich auch gleich beantworten.«

»Bist du sicher?«

Leona nickte.

»Na gut«, meinte Peer und zog Stift und Notizbuch aus seiner Jackentasche. »Lass uns damit beginnen, was an jenem Abend passiert ist. Du warst mit Hausmann verabredet. Und danach?«

»Wollte ich nach Hause fahren. Aber ich bin dort nie angekommen«, sagte sie. Anschließend kam sie auf Bruhns und die Begleitumstände ihres Verschwindens zu sprechen. Peer schrieb eifrig mit.

»Und du kannst dich wirklich nicht mehr daran erinnern, wie du in dieser Finnhütte gelandet bist?«, erkundigte er sich vorsichtig, nachdem sie ihren Bericht beendet hatte.

Leona kaute auf ihrer Unterlippe. »Ich weiß nur noch, dass Bruhns irgendwann in einen Waldweg abgebogen ist. Und dass ich daraufhin versucht habe, die Autotür zu öffnen. Aber da war nichts.« Sie schluckte. »Weder eine Kurbel noch ein Griff …« Sie zog eine Grimasse.

Peer sah von seinen Notizen auf.

»Danach hat er mich bis zur Bewusstlosigkeit gewürgt.« Sie griff sich an den Hals.

»Dann will ich deine Erinnerungslücke mal zu füllen versuchen«, meinte Peer. »Wir haben Bruhns Auto am Hafen von Gager gefunden. Wie wir inzwischen wissen, hatte er dort ein Boot liegen, mit dem er dich zum Weststrand gebracht hat. Was danach passiert ist, darüber lässt sich nur spekulieren. Das werden wir erst wissen, wenn wir Bruhns gefunden haben.« Er stockte, als ihm aufging, was er gesagt hatte. »Ich meine natürlich, wenn wir seine Leiche gefunden haben.«

Sie sahen einander an. Ein jeder mit seinen Gedanken beschäftigt. Leona wirkte angespannt. Peer musste kein Hellseher sein, um zu erahnen, was in ihr vorging. »Schlaf jetzt«, sagte er, nickte ihr zu und verließ das Zimmer.

33

Leona konnte sich nicht daran erinnern, dass eine Woche ihr je so lang vorgekommen wäre. Sieben Tage und Nächte, in denen die Polizei komplett auf der Stelle getreten hatte. Es gab noch immer keine Spur von Bruhns, geschweige denn von seiner Leiche. Dafür jede Menge Fragen. Fragen, die in der Einsamkeit eines nächtlichen Krankenzimmers nur schwer zu ertragen waren, riefen sie ihr doch immer wieder vor Augen, was mit ihr geschehen war.

Kein Wunder, dass Leona dem Tag ihrer Entlassung entgegenfieberte. Als die Ärzte ihr Einverständnis gegeben hatten, war Peer gekommen, um sie abzuholen. Es war ein komisches Gefühl für Leona gewesen, in ein leeres Haus zurückzukehren. Dabei hatten ihr weder die Einsamkeit noch ihre eingeschränkte Beweglichkeit zugesetzt, sondern die Ungewissheit.

Am liebsten hätte sie eine Dusche genommen, um den Krankenhausgeruch vom Körper abzuspülen. Aber da sie sich mit ihrer Unterarmgehhilfe unbeholfen fühlte, hatte sie es dabei bewenden lassen, das Gesicht unter den laufenden Wasserhahn zu halten und sich die Zähne zu putzen. Danach hatte sie eine

Kanne Kaffee aufgesetzt. Während sie darauf wartete, dass er durchlief, bedauerte sie, dass Jenny und Simon abgereist waren. Sie hätte sie gerne noch ein paar Tage um sich gehabt.

Ihr Blick fiel auf das Telefon und wanderte weiter zu dem rot blinkenden Anrufbeantworter. Sie zog ihn zu sich heran und drückte auf die Wiedergabe-Taste. Vielleicht war es ja Jenny, dachte sie hoffnungsvoll. »Sie haben eine neue Nachricht«, hörte Leona die automatische Stimme sagen. Daraufhin war es eine Weile still. Von einer bösen Vorahnung erfasst, presste Leona den Hörer ans Ohr und lauschte. Ein Klicken signalisierte ihr, dass aufgelegt worden war. Jetzt mach dich nicht verrückt, versuchte sie sich zu beruhigen. Das muss gar nichts bedeuten. Denk daran, was Peer gesagt hat. »Wir werden seine Leiche finden.« Genau das waren seine Worte gewesen.

Der nächste Anruf kam kurz nach Mitternacht. Leona, die gerade eingeschlafen war, brauchte einen Moment, um sich zu orientieren. Als sie den Hörer abnahm und sich meldete, zitterte ihre Hand. Wieder war nichts als ihr eigener Atem zu hören. Sie bemühte sich, ruhig und gleichmäßig zu atmen, um nicht in Panik zu verfallen. Es gelang ihr nicht, denn sie sah Bruhns Gesicht überdeutlich vor sich. Wie er ihr hämisch grinsend die Kehle zudrückte. Sie begann unkontrolliert zu zittern. »Hallo? Wer ist denn da? So melden Sie sich doch!«

Leona hatte kaum ausgesprochen, als eine ihr seltsam vertraute Stimme an ihr Ohr drang: »Glaub ja nicht, es ist vorbei. Oh nein! Es hat gerade erst angefangen …«

ENDE

MAREN SCHWARZ
Eisschwestern

978-3-8392-1440-4 (Paperback)
978-3-8392-4193-6 (pdf)
978-3-8392-4192-9 (epub)

»Hochspannung zwischen dem Vogtland und der Ostsee«

Leipziger Buchmesse. Die erfolgreiche Krimiautorin Blanca Büchner stellt ihr neustes Buchprojekt vor, das auf einem realen Kriminalfall beruht. Damit begibt sie sich in tödliche Gefahr, denn jemand hat großes Interesse daran, dass die Geschehnisse im Verborgenen bleiben. Wenig später verschwindet Blanca spurlos.

Der pensionierte Kommissar Henning Lüders beginnt auf eigene Faust zu ermitteln. Seine Nachforschungen führen ihn vom Vogtland an die Ostsee, wo er auf ein eiskaltes Geheimnis stößt …

Das Neueste aus der Gmeiner-Bibliothek

Unsere Lesermagazine

Bestellen Sie das kostenlose KrimiJournal in Ihrer Buchhandlung oder unter www.gmeiner-verlag.de

Informieren Sie sich ...

www ... auf unserer Homepage:
www.gmeiner-verlag.de

@ ... über unseren Newsletter:
Melden Sie sich für unseren Newsletter an unter www.gmeiner-verlag.de/newsletter

f ... werden Sie Fan auf Facebook:
www.facebook.com/gmeiner.verlag

Mitmachen und gewinnen!

Schicken Sie uns Ihre Meinung zu unseren Büchern per Mail an gewinnspiel@gmeiner-verlag.de und nehmen Sie automatisch an unserem Jahresgewinnspiel mit »mörderisch guten« Preisen teil!